Janusz L. Wiśniewski

ZESPOŁY NAPIĘĆ

ZESPOŁY NAPIĘĆ

Janusz L. Wiśniewski

ZESPOŁY NAPIĘĆ

Prószyński i S-ka

Projekt okładki
Maciej Sadowski

Redakcja
Jan Koźbiel

Redakcja techniczna
Elżbieta Babińska

Korekta
Jadwiga Piller

Łamanie
Małgorzata Wnuk

ISBN 83-7337-887-1

Wydawca
Prószyński i S-ka SA
02-651 Warszawa, ul. Garażowa 7

Druk i oprawa
Drukarnia Naukowo-Techniczna Spółka Akcyjna
03-828 Warszawa, ul. Mińska 65

Arytmia

Cewnik katedy ma długość około 110 cm i średnicę 0,42 milimetra i jest wykonany z poliuretanu. Do końcówki cewnika przymocowana jest elektrodą w postaci 4-milimetrowej igły. Każda elektroda jest znaczona unikalnym numerem. Jego elektroda miała numer 18085402350. Lekarze na ogół nie znają tego numeru, ale księgowi w klinikach muszą go znać, aby zaksięgować ją w rubryce „amortyzacja aparatury". Elektroda katedy amortyzuje się po trzech zabiegach. W Ministerstwie Zdrowia ustalono, że można wepchnąć elektrodę do trzech serc i potem można ją „zdjąć ze stanu". Gdy operacja zakończy się zgonem pacjenta, elektrodę zdejmuje się ze stanu przed upływem okresu amortyzacji ustalonym na trzy zabiegi. Zdjęcie przed upływem okresu amortyzacji należy „udokumentować aktem zgonu pacjenta". Katedę wprowadza się w tętnicę udową w okolicy prawej pachwiny.

On miał wypchniętą tętnicę udową prawej pachwiny. Całowałam to miejsce wiele razy, więc wiem. Zawsze, gdy dotykałam go tam wargami lub językiem, kładł dłonie na mojej głowie, powtarzał szeptem moje imię i drżał. Czasami delikatnie, a czasami mocno uciskał różne miejsca na mojej głowie. Ale tylko lewą dłonią. Prawą przesuwał w tym czasie wzdłuż moich włosów. Nigdy go nie zapytałam, jaki koncert grał lub słyszał w swojej wyobraźni, gdy to robił. Wiem, że aby mnie nie zranić, zaprzeczyłby. Wiem także, że byłoby to kłamstwo. Zawsze przecież przegrywałam z jego muzyką. W łóżku także.

On nawet mnie rozbierał tak, jak gdyby wyciągał swoje skrzypce z futerału. Z namaszczeniem, uroczyście. Dokładnie tak jak to robi skrzypek, który gładzi swój instrument, muska palcami po smagłym drewnie, strzepując jakieś zupełnie niewidoczne pyłki, tylko jemu znane. Potem patrzy na skrzypce. To spojrzenie jest chyba najpiękniejsze. On także na mnie nagą tak patrzył. Jak na swoje skrzypce przed wielkim, najważniejszym koncertem. I chociaż wiedziałam, że mnie tym koncertem zachwyci, odurzy i spełni, czułam, że nawet gdy będzie ejakulował we mnie, to usłyszy przy tym nie mój krzyk i nie mój płacz, ale jakiś cholerny kontrapunkt. Bo dla niego także łóżko było salą koncertową.

Słyszałam jego oddech, szum smyczka równo prowadzonego po strunie. Tak jakby wkradł się do mojej duszy i delikatnie dmuchnął u nasady włosów. Od tej pory wszystko było wspólne: oddechy, czas, powietrze, ciało. I wcale nie chodziło o powolne, altowe, wibrujące dźwięki. Gdzieś spoza szybkich, dokładnych, mocnych dźwięków słychać było tęsknotę i namiętność. Najpierw solista, piano, eksponował temat. Nasze spojrzenia spotykały się gdzieś w środku sali, przekazując sobie tempo, ekspresję, kolor. Rozbrzmiewało tutti orkiestry, las smyczków w idealnie równym tempie zmieniał kierunek, podniecenie wzrastało tym szybciej, im głośniej i bardziej żywiołowo łączyły się wszystkie brzmienia. Na koniec tylko on, skrzypek, i ja, w doskonałym konsonansie, jednakowo zdyszani. Przeżywamy coś tak bardzo potrzebnego, niezapomnianego dla wysuszonego, oczekującego pragnienia siebie. Tyle że ja u końca drogi stapiałam się w jedność tylko z nim, podczas gdy on z ostatnim finałowym taktem...

Kateda wepchnięta poprzez elastyczną plastikową koszulkę umieszczoną w punkcie nakłucia tętnicy udowej wędruje powoli do serca. Najpierw do prawej komory, potem do prawego przedsionka. Stamtąd musi przebić się do lewego przedsionka. W lewym przedsionku zbliża się ją do ujścia żyły płucnej i prądem o częstotliwości radiowej rozgrzewa się jej końcówkę do około 60–70 stopni Celsjusza. Uzyskana w ten sposób temperatura jest wystarczająca do tego, aby oparzyć ścianki żyły płucnej i skoagulować – jak oni to nazywają – jej tkankę, czyli po prostu utworzyć blizny, które mają zatrzymać zaburzone przewodnictwo elektryczne powodujące arytmię.

Blizny.
Jego blizna pękała, gdy zobaczyłam go pierwszy raz. Dwa lata temu.
Wyszłam z akademika około czwartej nad ranem. Ktoś wrócił akurat z Amsterdamu i przywiózł „rośliny". Albo wypiłam zbyt dużo wina i inhalowałam zbyt głęboko, albo ten cannabis był nasączony jakąś twardą syntetyczną chemią. Miałam katastroficzny „trip". Głucha ciemna bezgraniczna przestrzeń przecięta w poprzek białą szeroką strugą parującego gorącego mleka wpływającego do moich ust. Parzyła mi wargi i podniebienie, przepływała przeze mnie, zatrzymywała się w przełyku, przedostawała się do piersi, podnosiła je do góry, rozrywając mój stanik, i wracała, aby wytrysnąć fontanną pomiędzy moimi udami. Nie była już biała. Zmieszana z krwią nabrała różowego koloru. Gdy zaczęłam się krztusić i dusić, nie nadążając połykać tego mleka, wybiegłam tak jak stałam z pokoju. Czułam przeszywający ból w podbrzuszu. Dostałam okres. Przez lasek otaczający

akademik, potykając się o zaspy zmarzniętego śniegu, dotarłam do ulicy. Gdy nadjechał tramwaj, po prostu wsiadłam.

Siedział z zamkniętymi oczami w pierwszym porannym niedzielnym tramwaju. Lewą stronę twarzy oparł o zaszronioną brudną szybę, zostawiając na niej zaparowany nieregularny ślad po swoim ciepłym oddechu. Rękami obejmował futerał skrzypiec. Tak jak gdyby trzymał dziecko w ramionach. Na prawym policzku miał szeroką bliznę. Tramwaj ruszył. Stanęłam naprzeciwko niego i wpatrywałam się w tę bliznę. Narkotyczny omam nie mijał. Widziałam, jak blizna powoli pęka, rozsuwa się niczym czyjeś nienaturalnie wąskie sine wargi i wypełnia powoli krwią. Wyjęłam chusteczkę z kieszeni spodni, uklękłam przed nim i przyłożyłam chusteczkę do tej blizny, aby zatrzymać wypływ krwi. Otworzył oczy. Dotknął mojej dłoni przyciśniętej do jego policzka. Przez chwilę nie puszczał jej, gładząc delikatnie moje palce.

– Przepraszam…

– Zasnąłem. Proszę, niech pani usiądzie.

Wstał i ustąpił mi miejsca. W pustym tramwaju.

Tramwaj pędził jak oszalały. Na kolejnym zakręcie upadłam na zabłoconą podłogę. Nie mogłam podnieść się z kolan. Zauważył to. Wsunął ostrożnie skrzypce pod siedzenie, przy którym klęczałam, po czym, obejmując w pasie, posadził mnie ostrożnie na tramwajowej ławce. Zdjął swoją czarną skórzaną kurtkę i okrył mnie nią.

– Dokąd pani jedzie? – zapytał cicho.

– Do domu – odpowiedziałam, próbując przekrzyczeć pisk kół hamującego tramwaju. – Masz bliznę na policzku – uśmiechnęłam się – ale już nie krwawi…

Wysiedliśmy na następnym przystanku. Zatrzymał taksówkę. Odprowadził mnie pod drzwi mojej stancji. Następnego dnia pojechałam oddać mu kurtkę. Wpuściła mnie do mieszkania jego macocha. Nie zauważył mnie, gdy wsunęłam się cicho do jego pokoju. Stał pod oknem odwrócony plecami do drzwi. Grał na skrzypcach. Szaleńczo. Całym sobą. Słuchałam, nie mogąc oderwać wzroku od jego prawej ręki prowadzącej smyczek. Nie potrafię dzisiaj nazwać tego, co czułam w tamtym momencie. Oczarowanie? Bliskość? Intymność? Muzykę? Wiem tylko, że tuliłam z całych sił do siebie jego kurtkę i wpatrywałam się w jego prawą rękę.

Skończył grać. Odwrócił się. Wcale nie zdziwił się, że jestem w jego pokoju. Jak gdyby wiedział, że tam stoję. Podszedł do mnie tak blisko, że dostrzegłam kropelki potu na jego twarzy. Był jak w jakimś transie. Płakał.

– Tylko moja matka dotykała tak mojej blizny jak pani tam w tramwaju – powiedział, patrząc mi w oczy.

Dwa tygodnie później przestał mówić do mnie per pani. Miesiąc później nie mogłam przypomnieć sobie życia „przed nim". Po pół roku byłam jak obłąkana, gdy wyjeżdżał ze swoją orkiestrą i przez kilka godzin nie odbierał komórki.

Dwudziestego ósmego czerwca, w sobotę rozebrał mnie po raz pierwszy. I patrzył na mnie. Przeglądałam się w jego oczach. Jak księżniczka w zwierciadle. Wtedy jeszcze było mi zupełnie obojętne, że on widział mnie poprzecinaną pięciolinią...

Nie miałam orgazmu tamtej nocy. Ale i tak doskonale wiedziałam, jak się to czuje mieć go z nim. Pamiętałam to, tak jak pamięta się swój pierwszy wielki wstyd z dzieciństwa...

O północy trzydziestego kwietnia stał zdyszany pod drzwiami mojej stancji. Zaczynał się dzień moich urodzin. Nawet nie zapytał, czy chcę z nim jechać. Taksówka czekała na dole. Kazał kierowcy zatrzymać się przed małym kościołem na Mokotowie. Miał ze sobą skrzypce. Weszliśmy boczną nawą do zupełnie ciemnego kościoła. Bałam się, gdy zostawił mnie samą w ławce naprzeciw ołtarza. Zapalił świece stojące na marmurowym blacie. Nuty oparł o jeden ze świeczników. Wyciągnął skrzypce i stanął po krzyżem. Zaczął grać. To było coś więcej niż dotyk. O wiele bardziej przenikające. Czułam fizyczne podniecenie. Z każdym taktem bardziej wyraźne. Gdy zamykałam oczy, dotykał mnie zamkniętej za nagością, słowami, światłem. Wilgotniałam, czując ciepło pomiędzy moimi udami. W ciemnej sali zimnego opustoszałego kościoła.

Zanim skończył, stało się to trzy razy.

Podczas zabiegu ablacji żyły płucnej igła przebywa w sercu kilka godzin i jej ruch w naczyniach krwionośnych, jak i w sercu, obserwowany jest na monitorze rentgenowskim. Aby uniknąć powikłań zakrzepowo-zatorowych, już na kilka dni przed zabiegiem podaje się pacjentowi środki zmniejszające krzepliwość krwi. Przy ukierunkowanej na żyłę płucną ablacji rzadko poszukuje się w sercu innych ośrodków arytmii i koaguluje przeważnie jedynie tkankę żyły płucnej. Podczas zabiegu pacjent znajduje się w pozycji leżącej i jest cały czas przytomny. Ponieważ możliwe jest wystąpienie przejściowego bloku przedsionkowo-komorowego, przez cały czas trwania zabiegu zabezpiecza się stymulację serca czasową elektrodą endokawitarną. Ewentualne zaburzenia oddechu reguluje się na bieżąco aparatem tlenowym.

Często, gdy leżeliśmy przytuleni do siebie, kładłam głowę na jego piersiach. Gładził delikatnie moje włosy, a ja słuchałam jego bijącego serca. Nigdy nie wysłuchałam żadnej arytmii. Gdy zasypiał, patrzyłam godzinami na niego, jak oddychał miękko i spokojnie. Czasami na moment jego oddech przyśpieszał i wargi rozchylały się lekko. I wtedy chciałam być w jego głowie. Wtedy najbardziej...

Ablacja jest zabiegiem leczniczym o bardzo wysokiej skuteczności, lecz mogą po niej ponownie wystąpić zaburzenia rytmu. Jeżeli leczenie farmakologiczne zaburzeń rytmu jest nieefektywne, zabieg ablacji może być powtórzony. Wyłączona jest z tego jednakże ablacja żyły płucnej!

Miał chore serce. Ukrywał to przed światem. Ukrył to przede mną. Wstydził się tego tak samo, jak dojrzewający chłopcy wstydzą się swojej mutacji lub tego, że mają pryszcze na twarzy. Dowiedziałam się, że jest chory, przypadkiem. Wyjechał na kilka dni z orkiestrą do Hanoweru. Tuż przed Wigilią. Naszą pierwszą wspólną Wigilią. Jego ojciec z macochą i jego przyrodnią siostrą spędzali święta w Szwajcarii.

Kupiłam choinkę. Mieliśmy spędzić we dwoje Wigilię u niego w mieszkaniu i następnego dnia pojechać do moich rodziców do Torunia. Sprzątałam jego pokój. Zebrałam leżące na podłodze zapisane jego ręką partytury i chciałam schować je do szuflady jego biurka. Szuflada była wypchana różowymi wydrukami elektrokardiogramów.

Miał w tej szufladzie ponad trzysta sześćdziesiąt elektrokardiogramów!

Wystawionych przez szpitale z większości miast w Polsce. Ale także z Niemiec, Włoch, Czech, Francji, Hiszpanii i USA. Oprócz tego były tam wypisy z kilkunastu szpitali, rachunki za leczenie w kilku językach, dwa stetoskopy, niewykorzystane recepty, skierowania do klinik, diagnozy psychoterapeutów i psychiatrów, kopie oświadczeń o jego zgodzie na zabiegi elektrycznego wyrównywania rytmu, igły do akupunktury, napoczęte opakowania z tabletkami, wydruki stron internetowych dotyczących arytmii i tachykardii.

Od dwunastu lat miał zdiagnozowaną napadową *Arrythmia Absoluta*. Tylko w czasie, gdy ja go znałam, miał wykonywanych w pełnej narkozie osiem zabiegów kardiowersji, czyli wyrównywania rytmu serca szokiem prądu elektrycznego. Ostatnią kardiowersję robiono mu w Heidelbergu. Na dwa tygodnie zanim odkryłam tę wypchaną wydrukami EKG szufladę. Jego orkiestra brała tam udział w jakimś festiwalu. Przez dwanaście godzin nie odzywał się ani ja nie mogłam dodzwonić się do niego. Powiedział mi, że zostawił komórkę w hotelu. Prawda była zupełnie inna. W salach intensywnej terapii nie zezwala się pacjentom używać telefonów komórkowych, ponieważ zakłócają pracę aparatury. Z daty i godziny naniesionych na elektrokardiogramy wykonane przed i po jego ostatniej kardiowersji wynikało, że ataku arytmii musiał dostać w czasie koncertu.

W pierwszej chwili chciałam zadzwonić do niego i zapytać. Wykrzyczeć swój paniczny strach. Czułam się przeraźliwie oszukana i zdradzona. On wiedział o mnie więcej niż mój ojciec, który zmieniał mi pieluchy, a tymczasem zasrani lekarze w całej Europie wiedzieli o nim więcej niż ja! Harcerz jeden! Znam smak jego spermy, a nie wiem nic o tym, że przepuszczają mu prąd przez serce przeciętnie raz na sześć tygodni!

Milczałby. Krzyczałabym w słuchawkę, a on milczałby w tym czasie. Dopiero gdy zaczęłabym płakać, powiedziałby:

– Kochanie… To nie tak. Nie chciałem cię martwić. To przejdzie… Zobaczysz.

Nie chciałam, aby wydawało mu się, że uspokoił mnie tym swoim „to przejdzie". Dlatego nie zadzwoniłam. Postanowiłam, że zapytam go dopiero wtedy, gdy będę mogła położyć przed nim tę stertę trzystu sześćdziesięciu elektrokardiogramów. I obiecałam sobie, że nie będę przy tym płakać.

Po kolacji rozstawił w całym pokoju zapalone świece, przebrał się w swój koncertowy frak i grał dla mnie na skrzypcach kolędy. Tylko we wspomnieniach Wigilii z dzieciństwa czułam się taka bezpieczna i taka szczęśliwa jak z nim tamtego wieczoru.

W nocy wstał z łóżka i poszedł do kuchni. Ze szklanką wody w dłoni podszedł do biurka i wysunął szufladę. Nie spałam. Zapaliłam światło dokładnie w tym momencie, gdy połykał tabletkę.

– Opowiesz mi o swoim sercu ? – zapytałam, dotykając jego blizny na twarzy.

Pięć miesięcy później ten skurwiel kardiolog z ulizanymi żelem włosami i tytułem profesora, który mu to robił, zabił go po drodze katedy z prawego przedsionka do lewego, przebijając mu serce i powodując krwotok do jamy osierdziowej. Zabił mi go i wyjechał jak gdyby nigdy nic na urlop. Do Grecji. W dwa dni po zabiegu. Zakończył jedną igłą dwa życia i spokojnie poleciał się opalać.

Syndrom przekleństwa Undine

Przestała wierzyć w Boga dopiero, gdy dowiedziała się od matki, że Go nie ma.

Pamięta dokładnie ten wieczór, gdy jej odpowiedziała trochę rozdrażnionym, zniecierpliwionym głosem:

– My przecież nie wierzymy w takie zabobony jak Bóg. I nawet nie wspominaj o tym ojcu.

Miała wtedy sześć lat. Anita, koleżanka z ławki, opowiadała jej o pogrzebie dziadka, który umarł w Polsce, i wspomniała, że ksiądz zrobił znak krzyża nad ciałem w trumnie. Zapytała wieczorem matkę, kto to jest ksiądz i dlaczego to robił. I wtedy matka pierwszy raz powiedziała jej o tych zabobonach. Dotąd wydawało się jej, że istnieje ktoś taki bezgranicznie dobry, komu można o wszystkim opowiedzieć po cichu wieczorem pod kołdrą – tak aby na pewno nikt nie słyszał – choćby o tym, co zdarzyło się w domu i na podwórku. Taki Bóg właśnie.

Ale mama ma rację. Zawsze przecież ma. Jeszcze nigdy jej nie okłamała.

Dlatego później nie opowiadała Mu już pod kołdrą żadnych rzeczy. Nie wiedziała wtedy dokładnie, co to są „zabobony", ale czuła, że to coś bardzo złego, skoro nie można o tym wspominać ojcu.

Dzisiaj myślała o tym, że najbardziej Go brakuje, gdy ojciec wieczorem wraca pijany do domu. Zaczynało się zawsze tak samo. Przywozili go koledzy tym policyjnym czarnym autem, które znało już całe osiedle, czasami wysiadał sam, czasami prowadzili go we dwójkę pod ramię. Walił pięściami lub kopał w drzwi, budząc wszystkich na piętrze, a potem wtaczał się do kuchni, gdzie czekała wystraszona mama, i krzyczał. Po prostu krzyczał. Mama siedziała skulona na tym drewnianym koślawym krzesełku przy lodówce, patrzyła milcząc w podłogę, ściskała z całej siły dłonie, a on stał nad nią i krzyczał. Ona kiedyś chowała się pod kołdrę, szczelnie owijała się nią, aby nic nie słyszeć. Zagłuszała wrzask ojca swoją rozmową z Nim, prosiła, aby ojciec przestał. Im głośniej ojciec krzyczał na matkę, tym głośniej ona, drżąc i dusząc się pod tą kołdrą, Jego prosiła o pomoc.

Ale nigdy nie wysłuchał jej prośby.

Nigdy.

Dlatego pewnie mama ma rację, że Go wcale nie ma i to tylko ten zabobon.

Potem nie wchodziła już do łóżka i nie rozmawiała z Nim. Sama nauczyła się, jak przetrwać tę furię ojca w kuchni. Najpierw włączała swoje pozytywki, które przynosił jej zawsze na urodziny dziadek, potem przenośne radio, które brała z biurka i siadała z nim za szafą, z uchem przy samym głośniku. Czasami i to nie pomagało. Bo jej ojciec miał bardzo mocny, jazgotliwy głos. Poza tym on krzyczał przecież całymi dniami w pracy. Krzyczał na ludzi. Nauczył się krzyczeć.

Pamięta, że kiedyś, nie mogąc już tego wytrzymać, włączyła odkurzacz, który mama przechowywała w szafie w jej pokoju. Pomogło. W kuchni zrobiło się nagle cicho. Ojciec z butelką wódki w ręku wpadł do jej pokoju i w tej swojej furii wyrwał kabel od odkurzacza razem z kontaktem i kawałkiem tynku ze ściany. Stalowy zaczep kontaktu wbił się w głowę mamy, która wbiegła za ojcem.

Wtedy, tego wieczoru, matka pierwszy raz uciekła z nią z domu. Błąkały się po ulicach Rostocku bez celu, a potem, gdy zrobiło się bardzo zimno, jeździły tramwajami całą noc. Ona we flanelowej piżamie przykrytej fioletową ortalionową kurtką i w filcowych kapciach z kożuszkiem, a mama w skórzanym za dużym płaszczu i wełnianej oliwkowej czapce przesiąkniętej krwią. Mama nie poszła opatrzyć rany na głowie. Żony policjantów w Rostocku, szczególnie żony oficerów STASI, nie opatrują ran.

Tej nocy wiedziała już na pewno, że On to zabobon.

Potem często uciekały z matką do tych tramawajów i nocnych ulic. Miały swoje trasy, swoje ulubione linie i plan na całą noc, do świtu. Gdy dzień szarością zaczynał przepędzać ciemność, wracały do domu. Cicho otwierały drzwi, na palcach przechodziły przez przedpokój, pośpiesznie kładły się razem do łóżka w jej pokoju i mocno tuliły się do siebie. Matka płakała. Ojciec już dawno wtedy spał, najczęściej z głową na blacie kuchennego stołu lub w ubraniu i w butach na łóżku w sypialni.

Pewnej nocy tramwajem pojechały na koniec miasta, przeszły aleją nad morze i oglądały wschód słońca. Siedziały na resztkach betonowego falochronu tuż przy gruzowisku otaczającym halę starej sieciarni, która od lat straszyła kikutami niszczejących murów. Kiedyś, zanim powstał kombinat przy stoczni, był tam port rybacki. Powiedział im o tym miejscu motorniczy, który znał je dobrze, bo często jeździł z nimi po Rostocku. Zatrzymał tramwaj, mimo że nie było tam przystanku, tuż przy początku nadmorskiej asfaltowej alei i obiecał, że zaczeka na nie. Tej nocy wróciły do domu później niż zwykle. Gdy zasnęła, jak zawsze wtulona w matkę, zdarzyło się to po raz pierwszy. Właśnie tej nocy, zupełnie pierwszy raz, umarła na krótko we śnie. Miała wtedy osiem lat.

Matylda wie, że nigdy nie spędzi nocy sama z żadnym mężczyzną. Nigdy.

To słowo wcale na nią już nie działa. Wie przecież od dawna, że prawie każde „nigdy" można jakoś obejść. Gdyby tak nie było, umarłaby już jako dziecko, a przecież wczoraj skończyła dwadzieścia cztery lata.

Poza tym, dlaczego dni z mężczyzną nie mogą być piękniejsze niż noce?!

Ona nienawidzi nocy. Nie znosi zachodów słońca, ciemności i Wielkiego Wozu przed upalnym dniem. Dni zawsze są piękniejsze niż noce. Noce nigdy takie nie będą.

Nigdy.

Gdy ma się kilkadziesiąt „nigdy", to następne jedno nie robi żadnego wrażenia.

Tylko jedno robi.

Jedyne NIGDY, jakiego sobie nie może wyobrazić.

Tego, że Jakob mógłby już nigdy więcej nie przyjść do niej wieczorem.

Jakob jest najważniejszy. Jakob zasypia z nią i jest, gdy ona się budzi.

Jakob mówi jej, że ma odwrócić się na drugi bok. Przypomina, aby położyła dłonie wzdłuż swojego ciała. Jakob zamyka oczy, gdy ona zdejmuje stanik i majtki i wkłada koszulę nocną lub piżamę.

Jakob otwiera i zamyka okna w jej sypialni. Jakob dba, aby lampka była zawsze włączona na jej nocnym stoliku. I zawsze ma zapasową żarówkę.

Ale najważniejsze jest to, że Jakob NIGDY nie zasypia.

NIGDY.

Tak naprawdę nigdy.

To znaczy, nie zasnął nigdy dotąd. A jest przy niej, gdy ona zasypia i się budzi, od szesnastu lat.

17

Każdej nocy.

Miała osiem lat, gdy przyszedł do nich po raz pierwszy.

I został.

Teraz ma dwadzieścia cztery lata. Jakob był i jest przy wszystkim, co ważne. Gdy szła pierwszy raz do gimnazjum i nie mogła zasnąć z podniecenia. Gdy wyprowadził się ojciec i zostawił je same. Gdy matka spędzała w pokoju za ścianą jej sypialni pierwszą noc z ojczymem, którego ona nienawidzi, mimo że jest taki dobry i tak dba o jej matkę. Był także tej nocy, gdy padł mur w Berlinie i tej nocy, gdy urodziła się jej przyrodnia siostra, a także tej nocy, gdy pojechała za Madonną do Dachau.

Tej nocy, gdy przyszło pierwsze krwawienie, także był. Przyszło we śnie. Jakob to zauważył, bo on nigdy nie śpi, gdy ona śpi. Nigdy. Obudziła się od wilgoci, czując dziwne pulsowanie podbrzusza. Gdy zdała sobie sprawę z tego, co się stało, zaczęła płakać. Ze wstydu. Jakob wziął ją wtedy tak delikatnie na ręce, pocałował w policzek, otarł jej łzy i szeptał jej imię.

Ojciec też kiedyś niósł ją na rękach i szeptał jej imię. Dawno temu. Była jeszcze małą dziewczynką. Zabrał ją któregoś dnia na osiedlowe podwórko, posadził na bagażniku starego roweru matki i woził osiedlowymi alejkami pełnymi dziur i wybojów. Siedziała na tym bagażniku, z całych sił obejmując ojca w pasie. Na którymś z wybojów jej noga dostała się w szprychy tylnego koła. Mięso tuż nad piętą odeszło od kości, biała skarpeta zrobiła się czerwona i mokra od krwi aż ponad kostkę. Prawie zemdlała z bólu. Ojciec, gdy zauważył, co się stało, zatrzymał natychmiast rower, wziął ją na ręce, szeptał do ucha jej imię i biegł do tego budynku przy poczcie, gdzie zawsze stały taksówki. W szpitalu założyli jej kilka szwów. Siną bliznę, zmieniającą latem kolor na czerwony, ma do dzisiaj. Jednak tak naprawdę to, co pozostało z tamtej historii, to pamięć drżącego głosu ojca, który niosąc ją na rękach do taksówki, szeptał jej imię.

I tamtej nocy, gdy dostała pierwszego krwawienia, Jakob także wziął ją na ręce i także powtarzał szeptem: „Matyldo". A potem przyniósł z szafy w sypialni czyste prześcieradło. Było jej tak wstyd. Tak strasznie wstyd. Potem z tego wstydu płakała pod kołdrą. Widział, że płakała. Bo on rejestruje wszystko. Szczególnie skurcze jej serca. Gdy się płacze, serce kurczy się i rozszerza inaczej. Jakob dba o jej serce najbardziej. Wie o nim wszystko. Nosi przy sobie w portfelu jej elektrokardiogramy. Obok jej fotografii. Zawsze najnowsze. Owinięte przezroczystą folią, zgrzaną na krawędziach. Aby się nie zniszczyły.

Tamta noc była szczególna. Pamięta, że do rana nie spała. Gdy wstyd minął, przyszło podniecenie i niecierpliwość. Nie mogła doczekać się poranka. Jakob oczywiście rejestrował to, że ona nie śpi, ale nie okazywał żadnych emocji. Rano pobiegła do szkoły wcześniej niż zwykle. Stanęła przy szatni i czekała na Anitę. Chciała jej to jak najprędzej powiedzieć. Pamięta, że była jakaś taka dumna i chciała to dzielić ze swoją najlepszą przyjaciółką. Czuła, że to, co stało się tej nocy, było trochę jak przekroczenie jakiejś granicznej linii. Takiej granicy między dorosłością i dzieciństwem. Mimo że była na to przygotowana – przedyskutowali to w szkole w najdrobniejszych szczegółach już w trzeciej klasie podstawówki – wcale nie miała uczucia, że to coś czysto fizjologicznego, wynikającego z naturalnej kolei rzeczy. Dla niej było to w dużym stopniu emocjonalne, a nawet trochę mistyczne, i myślała wtedy – chociaż teraz, gdy sobie to przypomina, musi się śmiać z siebie – że to nie żadna fizjologia, tylko akt woli, dzięki któremu zaistniała na nowo i inaczej. Oczywiście wtedy, mając trzynaście lat, wcale nie była taka mądra, aby opisywać to jako „akt woli", ale teraz wie, że właśnie ten opis oddaje najdokładniej to, co wtedy czuła.

Poza tym, chociaż to może dziwaczne, dzisiaj dokładniej pamięta uczucia, jakie towarzyszyły jej przy pierwszej miesiączce niż przy pierwszym pocałunku. Być może przez ten wstyd, że Jakob był przy tym. Pamięta także, że pierwsze miesiące z niecierpliwym oczekiwaniem na „te dni", nadchodzące oszałamiająco regularnie, dawały jej poczucie dorosłości i kobiecości i utwierdzały ją w nim. Wtedy, przez te pierwsze trzy lub może cztery miesiące, podobało się jej wszystko w tym comiesięcznym ceremoniale. Nawet bóle podbrzusza znosiła z poczuciem pewnego wyróżnienia, że „ona już, a niektóre koleżanki w klasie jeszcze nie". Niedawno czytała po raz kolejny dziennik Anny Frank. Wcale nie zdziwiła się, że opisywała z dumą swoje pierwsze miesiączki. Potem zafascynowanie tym aspektem kobiecości oczywiście jej minęło i przyszła dokuczliwość i uciążliwość PMS-u z bólem głowy, płaczliwością, wypryskami na twarzy i bólem piersi.

Jakob też czuł, że tamtej nocy przekroczyła granicę. Następnego dnia przyszedł z wizytą, oficjalnie, już rano, a nie jak zwykle pod wieczór. Przyniósł kwiaty. Włożył garnitur. Miał taki niemodny, wąski skórzany krawat. I był tak śmiesznie uroczysty. Pachniał tak inaczej. Przyniósł ogromny bukiet błękitnych niezapominajek. Bo to było wiosną. Nic nie powiedział, tylko wstawił je do wazonu w jej pokoju i postawił na parapecie. I pocałował ją w rękę. Była najnormalniej w świecie wzruszona.

I od tej nocy i tego następnego dnia z kwiatami na parapecie okna czekała wieczorem na Jakoba inaczej. Nie umie tego nawet teraz wytłumaczyć, ale wie, że już wtedy chciała zasypiać przy nim pachnąca, z ułożonymi włosami i w ładnej bieliźnie.

Nie tylko o jej sercu Jakob wie wszystko. Także o jej krwi. Wie, ile w niej tlenu lub dwutlenku węgla. Ile hemoglobiny i ile kreatyniny. Wie także, ile ciepła. Dlatego gdy ona się zakocha, Jakob będzie mógł to zauważyć, zarejestrować, a nawet zmierzyć.

Bo ona chyba jeszcze nie była tak naprawdę zakochana. To z Krystianem, osiem lat temu, to nie było żadne zakochanie. Mimo że właśnie wtedy, z Krystianem, całowała się po raz pierwszy w życiu. Dokładnie 28 czerwca, w sobotę. Krystian już w marcu był w niej zakochany. To było jasne dla wszystkich jej koleżanek. Tylko dla niej nie. Taki czuły, delikatny i wrażliwy. Chociaż chodził do zawodówki, a ona do najlepszego w Rostocku gimnazjum. I miał taki pomysł, żeby w dowód miłości zgasić sobie papierosa na ręce. I podarować jej swoją legitymację szkolną. Kiedyś zobaczyła go pijanego i nie chciała więcej widzieć. On się z tym nie pogodził. Przyjeżdżał. Wystawał godzinami pod jej blokiem. I pisał. Raz przysłał list, w którym narysowane było serce, a w tym sercu na środku wypisane czerwoną kredką „Matylda". W jednym rogu serca wydzielił mały fragment i napisał: „Rodzice", a w drugim nazwę drużyny piłkarskiej z Rostocku. Pisał do niej przez ponad dwa lata. Nigdy nie odpisała.

A tak bardzo chciałaby się zakochać. I być z nim zawsze i nie mieć od niego żadnych listów. Bo listów się nie ma wtedy, gdy ludzie się nigdy nie rozstają.

I żeby on był trochę taki jak Jakob.

Jakob jeszcze tylko jeden jedyny raz, odkąd go zna, włożył garnitur i krawat. Gdy pojechali za Madonną do Dachau. To była sobota. Miała urodziny. Te najważniejsze, osiemnaste. Niby normalnie, jak każdego roku. Śniadanie, kwiaty, życzenia od matki i ojczyma. Kilka porannych telefonów z gratulacjami. Tylko od ojca nie. I wtedy podjechał ten samochód. Dokładnie w południe. Wysiadł Jakob. W garniturze i tym swoim wąskim skórzanym krawacie. Podszedł do niej, złożył życzenia i powiedział, że zabiera ją na koncert Madonny. Do Berlina. Tak po prostu. Jak gdyby Berlin był zaraz za parkiem w Rostocku.

Ona bardzo chciała być kiedyś na koncercie. I bardzo lubiła Madonnę. Nie mogła uwierzyć, gdy Jakob tak po prostu stał przed nią w przedpokoju i uśmiechnięty pytał:

– No to co? Jedziemy?

Matka i ojczym wiedzieli o wszystkim od dawna, tylko trzymali to w tajemnicy. Nie mogła powstrzymać łez.

Jakob wiedział, że będą musieli po koncercie nocować w Berlinie. Całe trzy miesiące organizował z kasą chorych i kliniką w Berlinie wypożyczenie urządzeń. Na dwa dni przed jej urodzinami pojechał wczesnym rankiem do Berlina i zainstalował wszystko w hotelu. Wieczorem wrócił i spał z nią jak każdej nocy.

Na koncert przyszło czterdzieści tysięcy ludzi. Jakob stał obok w tym swoim garniturze i śmiesznym krawacie i skakał tak samo jak ona, razem z całym tym tłumem. Przez chwilę trzymali się za ręce. A gdy Madonna wyszła na czwarty bis, to odwróciła się do niego i pocałowała go w policzek. Nigdy przedtem nie była tak szczęśliwa jak tego wieczoru.

Następnego dnia pojechali za Madonną do Dachau. Chociaż wiedziała, że gazety przesadzają, to i tak bardzo ją to poruszyło, gdy przeczytała, że „Madonna pojechała zwiedzać Dachau". Niecałkiem dokładnie pojechali za Madonną: ona poleciała swoim helikopterem, a oni po prostu pojechali tego samego dnia autem. To był pomysł Jakoba.

Wiedziała oczywiście o obozach koncentracyjnych ze szkoły. Płakała za każdym razem przy dzienniku Anny Frank, który podsunęła jej do czytania babcia, matka ojca. Odkąd padł mur, rozmawiali o tym w szkole znacznie częściej i dokładniej. Czytała o nich, co tylko się dało, ale ich abstrakcyjność pozwalała jej pogodzić się z tym jakoś i nie myśleć, że zrobili to światu Niemcy. Ale tutaj nic nie było abstrakcyjne. Baraki, podziurawione pociskami ściany z wydłubanym krzyżami i gwiazdami Dawida, kolorowe znicze na każdym kroku, kwiaty leżące na wózkach przy paleniskach, kwiaty przywiązane kolorowymi wstążkami wprost do drutów kolczastych, kominy i tysiące zdjęć na ścianach. Ogolone głowy, wychudzone twarze, za duże oczodoły, i wiek, i numer w lewym dolnym rogu. Szesnaście lat, siedemnaście lat, pięćdziesiąt cztery lata, dwanaście lat, osiemnaście lat...

Pamięta, że gdy tylko przeszli bramę w Dachau, poczuła, że nie wolno jej rozmawiać, bo te wszystkie dusze ciągle tu są. Cały czas drżała z przerażenia i poczucia winy. Ona. Osiemnaście lat. I wtedy Jakob, nie zważając na te jej za duże i przerażone oczy, stanął przed nią i opowiedział o tych dzieciach i nastolatkach zagazowanych w Dachau. Podawał jej liczby i daty. A na końcu powiedział, że dusze tych zagazowanych dziewcząt i chłopców z pewnością się nie starzeją. Tak dokładnie powiedział. Że one są ciągle młode i że spotkają się tego wieczoru gdzieś za barakami lub przy krematorium i powiedzą sobie z dumą: „Słuchajcie, Madonna była dzisiaj u nas. Madonna...".

Mam na imię Matylda.

Jakob zna się na wszystkim. Na gwiazdach, na sensorach, chemii, bezpiecznikach i psychologii dojrzewania dziewcząt. Ale najlepiej zna się na śnie. Chociaż on śpi od szesnastu lat w dzień, wie o śnie w nocy prawie wszystko. Także to, że Sen to rodzona siostra Śmierci. Czasami, gdy byłam młodsza, opowiadał mi o tym. Gasił światło, zapalał świece i czytał mi wiersze Ovida o Śnie odbitym w lustrze, za którym stoi Śmierć. Sama go o to wtedy poprosiłam. Jakob sam z siebie nigdy, przenigdy by tego nie zrobił. Ale moja psychoterapeutka, która przeniosła się do Rostocku z Zachodu, uważała, że mam się „poddać paradoksalnej konfrontacji". Gdy powiedziałam to Jakobowi, bardzo się zdenerwował i zaczął kląć w gwarze z południa Niemiec. Jakob zaczyna mówić w tej gwarze tylko wtedy, gdy się nie kontroluje. Następnego dnia nie poszedł do pracy w domu starców, tylko pojechał do tej psychoterapeutki i czekał cztery godziny w jej poczekalni, aby jej powiedzieć, że jest „skrajnie głupia, arogancka jak prawie wszyscy zachodni szpanerzy i na dodatek bezgranicznie okrutna". Wysłuchała go i potem został u niej dwie godziny. Wrócił zmieniony i kilka nocy później zaczął mi czytać Ovida. Czasami chodził do biblioteki przy uniwersytecie i zamiast Ovida przynosił germańskie baśnie. W nich także Sen i Śmierć to siostry.

Jakob nigdy jeszcze nie przyszedł do mnie, nie mając kieszeni wypchanych bezpiecznikami. Ostatnio przynosi także dwa telefony komórkowe.

Zawsze dwa. Bo Jakob jest bardzo nieufny.

Zbudował też w piwnicy agregat. Znosił i zwoził dwa miesiące jakieś części, rozwieszał na ścianach arkusze schematów i wpatrywał się w nie z uwagą. Po nieprzespanych nocach zostawał, zamykał się w piwnicy i budował. Tak na „wszelki wypadek", gdyby dwa razy prąd wyłączyli. Raz w dzielnicy, a raz w naszym agregacie. Bo miasto po dwóch latach żebraniny Jakoba zgodziło się, żeby podłączył nam specjalny agregat. Ale Jakob i tak nie wierzy. Ani miastu, ani swojemu agregatowi.

Jakob po prostu chce mieć pewność, że obudzimy się razem.

We dwoje. I że te baśnie Ovida i Germanów, które kiedyś mi czytał, to tylko baśnie. Bo my zawsze budzimy się we dwoje.

Często wcale nie śpimy, tylko sobie opowiadamy różne historie. Czasami, gdy go poproszę, Jakob opowiada mi o swoim dniu i o tych swoich babciach, dziadkach i pradziadkach z domów starców lub blokowisk. Ci z blokowisk – mówi Jakob – mają o wiele gorzej, nawet jeśli mają trzy pokoje, telewizor kolorowy, sprzątaczkę, panią od zakupów, podnoszone i opuszczane elektrycznie łóżka i łazienkę z poręczami. Samotni są. Samotni bez granic.

Opuszczeni przez zapracowane, zajęte karierami dzieci, nie mające nawet czasu na rodzenie i wychowywanie wnuków, które mogłyby czasami wpadać do babci lub dziadka i rozganiać im tę samotność. W domu starców też nie ma wnuków, ale zawsze można się pokłócić, chociażby z tym staruchem spod trzynastki, i nie jest się wtedy takim samotnym.

Jakob czasami mówi takie niesamowite rzeczy o swoich babciach i dziadkach. Kiedyś powiedział mi, że Bóg się chyba pomylił i ustawił wszystko w przeciwnym kierunku wobec upływu czasu. Że według niego ludzie powinni rodzić się tuż przed śmiercią i żyć do poczęcia. W drugą stronę. Bo według Jakoba proces umierania biologicznie jest równie aktywny jak życie. Dlatego śmierć nie różni się od narodzin. I dlatego ludzie, teoretycznie, mogliby rodzić się na milisekundy przed zgonem. Mieliby już na początku życia tę swoją życiową mądrość, doświadczenia i cały ten przychodzący z wiekiem spokój i rozsądek. Popełniliby już te wszystkie swoje błędy, zdrady i życiowe pomyłki. Mieliby już te wszystkie blizny i zmarszczki, i wszystkie wspomnienia, i żyliby w drugą stronę. Ich skóra stawałaby się coraz gładsza, każdego dnia budziłaby się w nich większa ciekawość, włosy byłyby coraz mniej siwe, oczy coraz bardziej błyszczące i serce coraz silniejsze i coraz bardziej otwarte na przyjmowanie nowych ciosów i nowych miłości. I potem, na samym końcu, który byłby początkiem, znikaliby z tego świata nie w smutku, nie w bólu, nie w rozpaczy, ale w ekstazie poczęcia. Czyli w miłości.

Takie fantastyczne rzeczy czasami opowiada mi mój Jakob, gdy nie chce mi się spać.

Jakobowi mogę powiedzieć wszystko. Rozmawiamy też o wszystkim. Kiedyś miałam jakiś taki nastrój i rozmawialiśmy o moim ojcu i mojej matce. To było tego wieczoru, kiedy matka mi powiedziała, że będę miała przyrodnią siostrę. Powiedziałam mu, że nie mogę sobie wyobrazić, że moja matka strasznie szalała kiedyś z miłości do tego mężczyzny, który był moim ojcem. Że może nawet kochała się z nim na dywanie. I może na łące. I że mu przyrzekła, że będzie z nim zawsze. I że będą się zawsze trzymać za ręce na spacerach. I że on potem, po tym wszystkim, mógł tak strasznie krzyczeć na nią, gdy ona skulona siedziała na tym małym drewnianym krzesełku przy lodówce w kuchni.

I tej nocy Jakob powiedział mi, dlaczego jest kulawy.

Jakob jest astrofizykiem. Wie dokładnie, jak rodzą się gwiazdy, jak ekspandują, jak eksplodują, jak przekształcają się w supernową lub stają pulsarami. I wie także, jak umierają, kurcząc się do tych małych, okropnych i niebezpiecznych dla galaktyk czarnych dziur. Jakob to wszystko wie. Potrafi zamknąć oczy i wymieniać mgławice, nazwy i kody ważnych gwiazd i podawać odległości w latach świetlnych do najpiękniejszych lub najważniejszych gwiazd. I opowiada o tym tak, że mi dech zapiera. I jak się przy tym zapomni, to jest przy tych opowieściach tak podekscytowany, że mówi, sam nie wiedząc o tym, w tej swojej śmiesznej gwarze. Supernowa i pulsary w gwarze z dolnej Saksonii!

Jakob badał swoje gwiazdy na uniwersytecie w Rostocku. Jeździł do obserwatorium na skarpę nad Bałtykiem i dniami i nocami oglądał przez teleskop i radioteleskop niebo, i potem robił z tego publikacje i swój doktorat. Nie mógł pogodzić się z tym, że nie może pojechać do Arecibo i obejrzeć tego najważniejszego radioteleskopu świata, pojechać na kongres do USA lub nawet tylko do Francji. Nie mógł pogodzić się także z tym, że nie mają kserografu w instytucie i że na seminariach we czwartki często mówią o FDJ i ideologii, zamiast o astronomii. Dlatego zgodził się, aby wśród całej tej elektroniki w obserwatorium jego koledzy ze stowarzyszenia ewangelików zainstalowali małą stację nadawczą i czasami zakłócali programy lokalnej telewizji kilkusekundowymi spotami o „wolnej

NRD". Taka śmieszna, banalna, okropnie nieszkodliwa opozycyjna dziecinada. Nikt nie powinien wpaść na to, że nadajniki znajdują się w obserwatorium. Bo przecież oni nadają tak silne sygnały, że ci od radionamiarów w STASI nigdy nie oddzielą ich sygnału od sygnału badawczego.

Oddzielili. A jakże. Dokładnie 21 listopada. W Dzień Pokutny, jedno z najważniejszych ewangelickich świąt. Wpadli do obserwatorium tuż po dziewiętnastej. Pobili siedemdziesięcioletnią portierkę. Skuli wszystkich kajdankami. Zdjęli gaśnicę i zniszczyli wszystko, co miało ekran. Monitory, uderzane dnem czerwonej gaśnicy, eksplodowały jeden po drugim. Z czytników taśm magnetycznych z zapisami pomiarów wyrywali kasety i wyciągali taśmy z danymi, tak jak wyciąga się sylwestrową serpentynę. Doktoraty, plany, seminaria, publikacje, lata pracy i całą przyszłość wielu ludzi wyciągali z tych czytników jak kolorowe serpentyny i rwali na kawałki.

Potem zawieźli wszystkich skutych kajdankami do podziemnego aresztu obok ratusza w centrum Rostocku. Portierkę wypuścili po czterdziestu ośmiu godzinach, gdy zasłabła i trzeba byłoby ją i tak odwieźć do szpitala. Dyrektora obserwatorium, cukrzyka, wypuścili po trzech dniach, gdy skończyła się insulina. Resztę trzymali dwa tygodnie. Bez nakazu aresztowania, bez prawa kontaktu z adwokatem, bez prawa telefonu do żony lub matki. Całe dwa tygodnie.

Jakoba przesłuchiwał naczelnik wydziału. Pijany od rana, ale pedantyczny do granic. Traktował swoją pracę jak każdy. Tyle że ten „każdy" był księgowym albo kopał węgiel pod ziemią. A on kopał więźniów. Najpierw krzyczał. Zrzucał z krzesła na poplamione i popalone niedopałkami papierosów szare linoleum i kopał. Po nerkach. Po plecach i po głowie. Także po biodrach. To był bardzo zimny listopad. Naczelnik miał tego dnia zimowe ciężkie buty i Jakob dostał w staw biodrowy i nerki. Krwotok wewnętrzny opanowali, ale ze stawem nie dało się nic zrobić, jak mówili mu potem na chirurgii. Dlatego kuleje i boli go, jak mówi, „całe ciało co ma kości" na zmianę pogody. Po dwóch tygodniach ich wypuścili. Wzięli wszystkie przepustki, zwolnili z pracy i kazali iść do domu, a potem „najlepiej od razu na rentę".

Naczelnikiem wydziału od początku do upadku muru był mój ojciec. To on dwudziestego pierwszego listopada tego roku skopał Jakoba, odsunął go na zawsze od radioteleskopów i gwiazd, zniszczył nieodwracalnie staw biodrowy i biografię, a potem wrócił pijany do domu i krzyczał w kuchni na moją matkę.

I wtedy to bezrobotny i „naznaczony" Jakob zaczął wynajmować się kasie chorych i domom opieki społecznej w Rostocku do opieki nad obłożnie chorymi. Tylko tam chcieli przyjąć go do pracy i to też za specjalnym poręczeniem. Taki kulawy radioastronom z niedokończonym doktoratem do wynoszenia nocników. I tak trafił na mnie. Szesnaście lat temu. I od szesnastu lat spędzamy razem noce.

Czy powinnam być wdzięczna za to mojemu ojcu, naczelnikowi wydziału?

– Jakob, czy ja powinnam być wdzięczna mojemu ojcu, że mam ciebie? Powiedz mi, proszę – zapytałam, gdy skończył swoją opowieść. Patrzyłam mu prosto w oczy. Odwrócił głowę, udając, że patrzy na któryś z oscyloskopów, i odpowiedział zupełnie od rzeczy:

– Bo my, Matyldo, jesteśmy stworzeni do zmartwychwstań. Jak trawa. Odrośniemy nawet wtedy, gdy przejedzie po nas ciężarówka.

Bo Jakob czasami mówi od rzeczy. Mówi tak pięknie od rzeczy. Tak jak wtedy, gdy któregoś wieczoru wróciliśmy do tematu Dachau i on nagle zacisnął pięści i powiedział przez zęby:

– Wiesz, o czym ja marzę? Wiesz, o czym, Matyldo? Marzę o tym, żeby oni kiedyś sklonowali Hitlera i postawili go przed sądem. W Jerozolimie jednego klona, w Warszawie drugiego i w Dachau trzeciego. I żebym ja mógł być przy tym procesie w Dachau. O tym marzę.

Takie historie opowiada mi wieczorami Jakob. Bo my rozmawiamy o wszystkim. Tylko o mojej menstruacji nie rozmawialiśmy. Ale od tamtego czasu Jakob już nie trzyma mnie za rękę, gdy zasypiam. Bo Jakob nie jest moim kochankiem.

O tym, że Jakob spotkał się z jej ojcem, dowiedziała się dopiero kilka lat po tym spotkaniu. To zdarzyło się tej nocy, gdy padł mur i wszyscy z tego zdumienia przeszli na Zachód, chociaż tylko po to, aby się przekonać, że na pewno nie będą strzelać. Takie pół godziny udziału w historii Europy i świata i zaraz powrót dla pewności do domu. Zamienić wschodnie marki na DM, kupić trochę bananów, pomachać ręką do kamery jakiejś stacji telewizyjnej i szybko wrócić do domu na Wschodzie. Bo Zachód to tak naprawdę, nawet dzisiaj, inny kraj i tak naprawdę u siebie jest się tylko na Wschodzie.

Jej ojciec wiedział, że nie skończy się na tej półgodzinie wolności i na bananach. Dlatego bał się. Bardzo się bał. Odkąd zobaczył w telewizji trabanty przejeżdżające na drugą stronę przez Check Point Charly i Bramę Brandenburską, bał się każdą komórką. Upił się tej nocy – tym razem nie z nałogu, ale ze strachu – i w tym pijanym widzie ze starego chyba jeszcze przyzwyczajenia i ze starej chyba jeszcze tęsknoty nie wiadomo za czym chciał wrócić „pod lodówkę" w kuchni, do swojej żony. To nic, że od lat nie była to ani jego kuchnia, ani jego lodówka, ani jego żona. Zadzwonił do drzwi. Otworzył mu Jakob, który przyszedł wcześniej do jej oscyloskopów i sensorów. Kulawy, ze swoim skopanym biodrem pokuśtykał do drzwi i otworzył. I powiedział: „Proszę wejść". I ten skurwiel naczelnik wydziału wszedł i bez słowa poszedł jak zwykle do kuchni. I usiadł na tym drewnianym koślawym krzesełku przy lodówce i płakał. I wtedy Jakob zapytał go, czy nie napiłby się herbaty, „bo przecież tak zimno na dworze", i nastawił czajnik.

Mam na imię Matylda.

Jestem trochę chora.
Jakob mówi, że nie powinnam tak mówić. Uważa, że mam po prostu „przejściowe kłopoty z oddychaniem". I że to minie.
Mam je od szesnastu lat, ale Jakob mówi, że to minie. Od szesnastu lat tak mówi. On nawet w to wierzy. Bo on zawsze mówi tylko to, w co wierzy.
Gdy nie śpię, oddycham tak jak Jakob. Gdy zasnę, mój organizm „zapomina" oddychać. Taka, najprawdopodobniej genetycznie uwarunkowana, przypadłość, używając terminologii Jakoba.
Nie mogę zasnąć bez urządzeń, które pobudzają moje płuca do oddychania.
Dlatego rozcięli mi delikatnie brzuch i wszyli elektroniczny rozrusznik. Taki nieduży. Można go poczuć, gdy dotknie się mojego brzucha. Wysyła impulsy elektryczne do nerwu w mojej przeponie. I dlatego podnosi się ona i opada nawet wtedy, gdy zasnę. Jeśli nie masz Undine, to nie potrzebujesz rozrusznika. Ja nie miałam tyle szczęścia przy składaniu genów i potrzebuję rozrusznika.
Rozrusznik trzeba nieustannie kontrolować. I sterować jego impulsami.
I sprawdzać, jak działa. Dlatego zakładam najróżniejsze sensory na moje ciało. Na palce, wokół nadgarstków, pod piersi, na przeponę i na podbrzusze. Jakob dba nawet o to, aby sensory nie były szare. Kupił lakiery do paznokci i pomalował moje sensory na różne kolory. Tak, aby pasowały do mojej bielizny lub koszul nocnych. Moje sensory są kolorowe. Czasami, gdy są zimne, Jakob ogrzewa je w dłoniach lub chucha na nie i przynosi do łóżka. Przynosi dopiero wtedy, gdy są ciepłe i przytulne. I zamyka

oczy, gdy podnoszę stanik lub obsuwam majtki i zakładam je pod sercem lub na podbrzuszu. A potem dba, aby te zielone, czarne, czerwone i oliwkowe sensory przenosiły impulsy.

Nie mogę zasnąć w pociągu, nie mogę zasnąć przy telewizji. Nie mogłabym zasnąć w niczyich ramionach. Nie mogę zasnąć bez Jakoba. Nie będę też mogła zasnąć z moim mężczyzną, jeśli Jakoba nie będzie w sąsiednim pokoju przy monitorach. Bo on obserwuje te urządzenia. Od szesnastu lat. Każdej nocy.

Pewna nimfa rzuciła kiedyś przekleństwo na swojego niewiernego kochanka. Nie mogła znieść jego zdrady. Miał nic nie zauważyć i po prostu przestać oddychać we śnie. I przestał. I umarł. I ta nimfa płacze, i będzie płakała do końca świata.

Nimfa miała na imię Undine.

Moja choroba nazywa się syndrom przekleństwa Undine.

Średnio pięć osób na rok dowiaduje się w Niemczech, że są chore na undine. Ja dowiedziałam się, gdy miałam osiem lat, w dzień po tym, jak przytulona do mojej matki prawie umarłam we śnie.

Jakob, gdy zapalimy czasami świece i słuchamy muzyki, i jest rozczulony, to żartuje i mówi, że jestem dla niego jak jego księżniczka. Ja to przecież wiem. Jestem jak zamknięta w szklanej trumnie księżniczka. Kiedyś przyjdzie mój książę, podniesie wieko i obudzi mnie pocałunkiem. I zostanie na noc. Ale nawet wtedy w sąsiednim pokoju przy monitorach będzie siedział Jakob.

Mój Jakob.

Anorexia nervosa

Pierwszy raz zobaczyła go w Wigilię. Siedział na betonowej płycie przy ich osiedlowym śmietniku i płakał.

Ojciec powinien lada chwila wrócić z dyżuru w szpitalu; mieli zasiąść do Wigilii. Nie mogła się doczekać. Karp skwierczący na patelni – tak cudownie pachniało w całym mieszkaniu – kolędy, choinka przy nakrytym białym obrusem stole. Tak przytulnie, ciepło, rodzinnie i bezpiecznie. Czy może być świat lepszy niż ten wigilijny?

Dlatego tylko, dla dobra wigilijnego nastroju i dla zachowania „rodzinnej zgody i harmonii", nie zaprotestowała, gdy matka poprosiła ją, aby wyniosła śmieci. W planie Wigilii jest choinka, pieczenie karpia i fryzjer rano, ale nie ma śmieci, które mogłyby poczekać do jutra!

Akurat teraz – było już ciemno! Poza tym nie znosiła osiedlowego śmietnika. Był jak śmierdząca, ohydna więzienna klatka. Ale dla jej matki Wigilia nigdy nie była powodem, aby bodaj trochę odstąpić od ustalonego harmonogramu. „Dzień musi mieć plan" – powtarzała przy każdej okazji. Wigilia różni się tylko planem i poza tym jest zaznaczona na czerwono w jej filofaksie. To nic, że Jezus, nadzieja i pasterka. Zupełnie nic. *Wigilia,*

11:30, fryzjer – przeczytała kiedyś przypadkiem w jej kalendarzu pod datą 18 października. W połowie października zarezerwowany fryzjer na Wigilię! Tego nie robią nawet Niemcy w Bawarii! Ten jej cholerny filofax jest jak lista wyroków na dany dzień – myślała czasami.

Rozmawiała kiedyś z nią o Wigilii. Wtedy, kiedy jeszcze rozmawiały o czymś ważniejszym niż lista zakupów w spożywczym za rogiem. To było tuż przed maturą. Przeżywała okres totalnej fascynacji religią. Zresztą, pół żeńskiej części ich klasy to miało. Chodziły na wykłady do Akademii Teologicznej – niektóre pewnie tylko dlatego, że podkochiwały się w przystojnych chłopcach w habitach – uczyły się modlitw, uczestniczyły w akademickich mszach. Czuła, że jest lepsza, spokojniejsza i taka uduchowiona poprzez ten kontakt z religią.

To wtedy właśnie, gdy któregoś dnia przy przedświątecznym myciu okien stały tak blisko siebie, że się niemal dotykały, zapytała matkę, czy ona także odczuwała kiedyś takie „mistyczne" oczekiwanie na Boże Narodzenie. Teraz wie, że wybrała zły moment na to pytanie. Matka przy sprzątaniu była zawsze wściekła, uważała bowiem, że to bezsensowna strata cennego czasu i ona nigdy nie zrozumie, jak te wszystkie gospodynie domowe mogą nie wpaść w depresję po tygodniu takiego życia. Pamięta, że matka odłożyła ścierkę na parapet, cofnęła się o krok, aby móc patrzyć jej w oczy i powiedziała tonem, jakim zwracała się do studentów:

– Mistyczne oczekiwanie?! Nie. Nigdy. Przecież w Bożym Narodzeniu nie ma żadnego mistycyzmu, córeczko.

Pamięta, że nawet w tym „córeczko" nie było bodaj odrobiny ciepła. Zresztą, znała to. Przeważnie po „córeczko" na końcu zdania szła do pokoju, zamykała się i płakała.

– Wigilia i Boże Narodzenie to przede wszystkim elementy marketingu i promocji. Jak inaczej syn cieśli z zabitej dechami Galilei stałby się idolem porównywalnym z tymi twoimi Madonną lub Jacksonem. Cały ten jego dział promocji, tych dwunastu apostołów, łącznie z najbardziej medialnym Judaszem, to jedna z pierwszych tak dobrze zorganizowanych akcji, która wypromowała prawdziwą gwiazdę. Cuda, tabuny kobiet gotowych zdejmować majtki na każde jego zawołanie, ciągnące za idolem od miasta do miasta, masowe histerie, zmartwychwstania i wniebowstąpienia. Jezus, gdyby żył dzisiaj, miałby agenta, prawnika, adres e-mailowy i stronę WWW.

Podniecona swoim wywodem, ciągnęła z zapałem:

– Oni mieli strategię i Biblia to opisuje w szczegółach. Bez dobrej promocji nie wstrząsa się cesarstwem i nie instaluje się nowej religii.

– Mamo, co ty mówisz, co za strategia – przerwała jej proszącym głosem – jaki dział promocji, oni przecież widzieli w nim syna Boga, mesjasza...

– Tak?! Niektóre z tych panienek, co spędzają noce pod hotelem Jacksona na deszczu lub mrozie, też myślą, że Jackson jest Jezusem. Jezus, córeczko, to po prostu idol pop kultury. A to, co ty mówisz, to są wszystko legendy. Tak samo jak ta o dziecięcym żłobie, pasterzach ze łzami w oczach, wole i osiołku. Bo prawda historyczna jest zupełnie inna. Nie było żadnego spisu ludności, który zmusił Marię i Józefa, aby odbyli podróż do Betlejem. O tym wiedzą nawet ci, co nie są teologami.

Zapaliła papierosa, zaciągnęła się głęboko i mówiła dalej:

– A nawet gdyby był, to do spisu nie zapraszali takich biedaków jak cieśla z Nazaretu. Trzeba było mieć albo ziemię, albo niewolników. Poza tym spis miał być rzekomo w Jerozolimie. Jedyna droga do Jerozolimy z Nazaretu prowadziła wtedy przez dolinę Jordanu. W grudniu dolina Jordanu jest wypełniona błotem po szyję wysokiego mężczyzny. A Maria nie należała do olbrzymów i była w ciąży z Jezusem, jak pamiętasz – skończyła, uśmiechając się z lekką drwiną.

Nie mogła w to uwierzyć. Jeśli to nawet prawda – a najprawdopodobniej tak, jej matka słynęła z mówienia prawdy, głównie naukowej, za co dostała habilitację już w wieku trzydziestu czterech lat – to czy musiała jej mówić to dwa dni przed Wigilią, gdy ona tak bardzo to przeżywa i tak bardzo w to wierzy? I tak bardzo czeka na ten dzień?

Pamięta. To właśnie wtedy, przy tym oknie, postanowiła, że już nigdy nie wysłucha niczego, co będzie chciała powiedzieć matka po „córeczko". Gdy kiedyś po latach opowiedziała tę rozmowę najlepszej przyjaciółce, Marta skomentowała to dosadnie, jak tylko ona to potrafiła:

– Bo twoja jest jak współczesna hetera. Tak w starożytnej Grecji nazywano wykształcone i oczytane kobiety. Przeważnie były samotne, bo żaden mężczyzna ich nie chciał. A twoja matka jest na dodatek heterą walczącą i chce objaśnić świat samodzielnie i na własną rękę. Ale to nie jest wcale żadna samodzielność. Jeżeli facet często robi to sobie sam, to wcale nie znaczy, że jest samodzielny. Twoja matka jest jak ten facet.

Chociaż to było już tak dawno temu, zawsze myśli o tym w Wigilię. I o ojcu. Czasami, szczególnie ostatnio, tuli się do niego wcale nie z czułości ani pragnienia bliskości lub z tęsknoty. Tuli się, aby mu wynagrodzić lodowaty chłód jego zorganizowanej żony. Myśli, że w ten sposób przywiąże go do siebie i domu. Gdyby ona była mężem jej matki, odeszłaby wiele lat temu. Nie wytrzymałaby takiego chłodu. Bo jej matka potrafiła być zimna jak skroplony azot. A on wytrzymuje i jest tutaj. Wiedziała, że jest tylko dla niej.

Dzisiaj też to zrobi. Dzisiaj też przytuli się do niego i obejmie go. On będzie jak zwykle zaskoczony, położy głowę na jej ramieniu, mocno uściśnie, pocałuje jej szyję, powie szeptem „córeczko", a gdy się rozdzielą, będzie miał zaczerwienione oczy i będzie tak śmiesznie udawał, że coś wpadło mu do oka. I to jego „córeczko" jest takie piękne. Takie pełne czułości. Takie wigilijne właśnie.

Ale dzisiaj zrobi to tak od siebie. Bo dzisiaj jest wigilijnie rozczulona. Poza tym nie zna innego mężczyzny, który byłby chociaż w przybliżeniu podobny do jej ojca. Takich mężczyzn już nie ma.

Dlatego, i aby była zgoda, harmonia i wykonał się ten cholerny plan Wigilii z filofaxu jej matki, wyniesie te śmieci. Zaraz i natychmiast. Będzie nawet udawała, że robi to chętnie.

Zeszła z dwoma pełnymi wiadrami. Było wietrznie i zacinał deszcz ze śniegiem. Wpatrzona w okna migoczące blaskiem choinkowych lampek, otworzyła kluczem śmietnik. Popchnęła nogą drucianą bramkę i zobaczyła go. Siedział po turecku na postrzępionej tekturze przy dużym śmietniku na wprost wejścia i osłaniał dłońmi od wiatru świeczkę stojącą na gałęzi choinki. Płomień świeczki odbijał się w jego oczach i płynących z nich łzach.

Stanęła jak wryta. Puściła oba wiadra, które z hukiem upadły na beton i przewróciły się. Chciała odwrócić się i uciec.

– Przepraszam, nie chciałem cię przestraszyć – powiedział cicho zachrypniętym głosem. – Pomogę ci zebrać te śmieci.

Zaczął się podnosić.

– Nie! Nie! Nie chcę. Zostań tam, nie podchodź do mnie – wrzasnęła.

Chwyciła wiadra, odwróciła się i wybiegła, zatrzaskując z hukiem bramkę śmietnika. Biegła na oślep przez błoto osiedlowych trawników, na których nawet wiosną nie ma trawy. Wpadła do klatki schodowej. Ojciec wyjmował listy z ich skrzynki. Wpadła na niego i przytuliła się z całych sił.

– Córeczko, co się stało?

– Nic. Przestraszyłam się. Po prostu się przestraszyłam. Ten człowiek tam w śmietniku...

– Jaki człowiek? Co ci zrobił?

– Nic nie zrobił. Po prostu tam był. Siedział i płakał.

– Co ty mówisz? Zaczekaj tutaj. Nie ruszaj się stąd. Pójdę i sprawdzę.

– Nie! Nigdzie nie idź. Chodźmy do domu.

Wysupłała się z jego objęcia, poprawiła włosy i ruszyła schodami w górę. Wziął od niej wiadra i poszedł za nią. Mogli jechać windą, ale chciała się uspokoić po drodze. Tak aby matka nic po niej nie poznała, gdy wejdzie do mieszkania. Pomyślałaby, że jest histeryczką. Jej ojciec zrozumiał to natychmiast. Bez jednego słowa. Dlatego szedł za nią na ósme piętro, opowiadając o swoim dyżurze w szpitalu i delektując się zapachami wydobywających się z mieszkań, które mijali po drodze. Do mieszkania weszła uśmiechnięta. Matka nic nie zauważyła.

Dowiedziała się, jak ma na imię, gdy wjechał swoim samochodem w punto, którym Marta jechała na swój ślub.

Marta była jej najlepszą przyjaciółką. Od zawsze. Nie pamięta czasów, kiedy nie było Marty w jej życiu. Marta też będzie do końca. Cokolwiek to znaczy.

Gdyby Marta miała czas i zrobiła test na inteligencję, to ona mogłaby z dumą powiedzieć, że jest przyjaciółką najbardziej inteligentnej kobiety w tej części Europy. Ale Marta ani nie miała na to czasu, ani nie było to dla niej istotne. Marta wykorzystywała swoją inteligencję głównie po to, aby przeżywać emocje. Ta wiejska dziewczyna – przyjechała na studia do Krakowa z zapadłej Sękowej, gdzie „telefon miał tylko proboszcz i jego kochanka", jak sama mówiła – nagle odkryła świat. Po roku anglistyki zaczęła równoległe studia na filozofii. „Krztusiła się" życiem w Krakowie. Nie odbyło się nic ważnego w operze, teatrze, muzeum, filharmonii i klubie, w czym nie uczestniczyłaby Marta.

To właśnie w klubie poznała tego ślicznego quasi-artystę w skórzanych spodniach. Powtarzał trzeci rok na Akademii

Sztuk Pięknych, ale zachowywał się jak Andy Warhol na stypendium ministerialnym. Nie dość, że jak Warhol, to jeszcze był z Warszawy, co przy każdej okazji podkreślał. Kraków miał zaniemówić. Oszaleć i paść na kolana, bo przyjechał geniusz.

Nie znosiła go od momentu, gdy Marta przedstawiła ich sobie w autobusie.

Siedział bezczelnie i mówił o sobie tak głośno, że cały autobus musiał to słyszeć. Marta stała, ona stała i ta kaszląca staruszka z laską obok też stała. A ten „war(c)hoł" siedział w tych swoich skórzanych przetartych spodniach i wygłaszał wykład o swojej roli w współczesnej sztuce.

Marcie wydawało się to jednak piękne. Zakochała się. Prawdopodobnie tylko „chemicznie", ale skutki były opłakane. Karmiła go ze swojego stypendium, kupowała mu hektolitry alkoholu ze swoich oszczędności, nawet dawała mu pieniądze na jego przejazdy autobusem, aby mógł imponować licealistkom swoimi wykładami w drodze na akademię. To dla niego przestała bywać. A jeśli już bywała, to stała jak szara myszka zaraz za warszawskim „war(c)hołem" i patrzyła na niego z podziwem, gdy opowiadał wszystkim, co to on zrobi w życiu, gdy tylko „to beztalencie mszczące się na prawdziwych artystach" – miał na myśli profesora, który go drugi raz oblał na egzaminie – „pozbędzie się genetycznej zawiści".

Mówiła Marcie, że ma się opamiętać. Prosiła, błagała, groziła. Ale Marta nie słuchała – była w tym czasie jak w reakcji chemicznej. Musiało coś się zdarzyć, aby tę reakcję zatrzymać.

Zdarzyło się. Za pięć dwunasta. Prawie dosłownie.

Ślub Marty był wyznaczony na dwunastą w południe w pewien październikowy piątek. Jechali punto Marty do Urzędu Stanu Cywilnego. Marta, w wypożyczonej sukni ślubnej, prowadziła. Artysta, czyli pan młody, siedział obok, bo nie miał prawa jazdy. Odebrali mu za jazdę po pijanemu. Ona jako oficjalny świadek siedziała na tylnym siedzeniu. Marta była podniecona i pijana – rano wypiły we dwie pół butelki bułgarskiego koniaku na pusty żołądek, bo nie mogła przełknąć śniadania z podniecenia.

Marta myślała, że zdąży, zanim żółte światło zmieni się w czerwone. Nie zdążyła. Usłyszały huk, Marta krzyknęła: „O kurwa" i zrobiło się cicho. Uderzył w tył z prawej strony. Wina Marty była oczywista.

Artysta wysiadł gwałtownie, zostawiając otwarte drzwi. Podszedł do tamtego auta. Otworzył drzwi, wyciągnął kierowcę i bez słowa zaczął okładać go pięściami. Marta, z czerwonym plamami krwi na welonie i sukni ślubnej, podbiegła do artysty i wepchnęła się między niego i kierowcę tego drugiego samochodu. W pewnym momencie, po przypadkowym uderzeniu w twarz, upadła na asfalt. W tej samej chwili kierowca z całych sił uderzył w twarz artystę.

Widziała to wszystko dokładnie, siedząc w punto. Gdy Marta po przypadkowym ciosie artysty upadła na asfalt, energicznie otworzyła drzwi, wysiadła z samochodu, podbiegła do leżącej przyjaciółki i uklękła przy niej. Kierowca przyklękł także.

– Jest mi tak bardzo przykro. Nie chciałem tego. Ja miałem zielone światło. Dlatego ruszyłem. Jest mi tak bardzo przykro. Miałem zielone. Niech mi pani uwierzy. Miałem zielone – powtarzał bez przerwy, nachylony nad Martą.

Artysta podniósł się i z całych sił popchnął go, przewracając na Martę. Usłyszeli wycie policyjnej syreny i głos:

– Proszę się natychmiast uspokoić. Wszyscy z dokumentami do mojego auta. Wszyscy!

Młody policjant wskazywał na poloneza zaparkowanego na wysepce przystanku autobusowego.

– My nie mamy czasu – wykrzyknął artysta – o dwunastej w południe jest nasz ślub!

Marta podniosła się z asfaltu, podeszła do niego i powiedziała spokojnie:

– Nie ma żadnego ślubu. Przeproś tego pana i spierdalaj, ty gnojku.

Dosłownie tak! To była znowu ta stara, normalna Marta. Nareszcie!

Pamięta, że w tym momencie wpatrywała się w oczy tego mężczyzny i wiedziała, że zna to spojrzenie.

– Ja miałem zielone. Ja bardzo panią przepraszam – powiedział bezradnie.

Marta zerwała welon z głowy, wytarła nim zakrwawiony nos, zgniotła w dłoni i rzuciła na asfalt. Chwyciła mężczyznę za ramię.

– Ja wiem. Niech pan przestanie wreszcie przepraszać. Moje ubezpieczenie zapłaci za wszystko. Nawet pan nie wie, co pan dla mnie zrobił.

Podeszła do niego, wspięła się na palce i pocałowała go w policzek.

Nie rozumiał, o co chodzi. Stał jak osłupiały.

W tym momencie przypomniała sobie, skąd go zna. To przecież on siedział przy śmietniku w tamtą Wigilię.

Artysta zniknął w tłumie gapiów, którzy zdążyli zebrać się na chodniku.

– Pomogę pani ściągnąć auto z jezdni – powiedział mężczyzna.

Wepchali we trójkę punto na chodnik.

– Mam na imię Andrzej. A pani?

– Marta. A to moja przyjaciółka Ada. To znaczy Adrianna.

Spojrzał na nią uważnie. Podał jej rękę i powiedział cicho:

– Andrzej. Przepraszam, że przestraszyłem panią wtedy w Wigilię.

Tak sobie po prostu! Tak jak gdyby ta Wigilia była przed tygodniem. A przecież minęły prawie dwa lata.

Był wysoki. Miał czarne włosy, zaczesane do tyłu. Szeroką bliznę na prawym policzku i bardzo szczupłe dłonie. Nigdy nie spotkała mężczyzny, który miałby tak szerokie i pełne wargi.

Jego głos był lekko zachrypnięty i niski. Pachniał czymś, co jej przypominało jaśmin.

– Mam na imię Ada. Pamiętasz to jeszcze? To było prawie dwa lata temu.

– Tak, pamiętam. Szukałem cię wtedy. Długo cię szukałem. Ale nie znalazłem. Chciałem cię przeprosić. Dopiero dzisiaj. Ten wypadek...

Uśmiechnęła się do niego.

– Nie ma za co przepraszać. Mieszkam w bloku zaraz przy śmietniku.

– Dlaczego tam wtedy siedziałeś?

Nie odpowiedział. Odwrócił głowę i zaczął rozmawiać z Martą. Po chwili poszedł do swojego samochodu, zjechał do zatoczki i wrócił do nich. Marta, w poplamionej krwią sukni ślubnej, budziła sensację. Tłum gapiów na chodniku nie przerzedzał się.

Gdy załatwili wszystkie formalności z policjantem w polonezie, zapytał:

– Gdzie mam was wywieźć z tego przedstawienia?

– Pojedźmy do mnie – odparła Marta. – Musimy to uczcić.

Po drodze wstąpili do restauracji, gdzie miało odbyć się weselne przyjęcie. Dowiedzieli się, że goście dzwonią nieustannie, ale Marta nie przejęła się tym w ogóle. Kazała zapakować cały alkohol, który zamówiła, i półmiski z jedzeniem. Przenieśli to wszystko do samochodu Andrzeja i pojechali do mieszkania Marty. Już dawno nie widziała przyjaciółki tak szczęśliwej.

Po kilku kieliszkach wina zaczęli tańczyć. Przytulona do Andrzeja poczuła, że on jest jej dziwnie bliski.

Nad ranem odwiózł ją taksówką do domu. Wysiadł z nią i odprowadził pod klatkę schodową. Gdy przechodzili obok tego śmietnika, podała mu rękę. Ścisnął ją delikatnie i już nie puścił. Przy klatce schodowej podniósł ją do ust i dotknął wargami.

Kochała go już znacznie wcześniej, ale urzekł ją tak naprawdę, gdy rzucił się na maskę jadącego wprost na niego samochodu.

Od tego wieczoru i nocy po odwołanym ślubie Marty prawie wszystko w jej życiu się zmieniło. Andrzej odszukał ją następnego dnia na uczelni; czekał przed salą wykładową. Stał pod ścianą. Nieco zawstydzony, z kwiatami nieudolnie schowanymi za plecami. Gdy podeszła do niego i uśmiechnęła się, nie potrafił ukryć ulgi i radości.

Od tego dnia byli razem. Wszystko przed Andrzejem straciło sens.

Wiedziała to już po tygodniu. Ujęły ją jego wrażliwość i czułość. Później doszedł szacunek, jakim ją otaczał. To chyba przez ten szacunek czekał z pierwszym pocałunkiem tak długo. Mimo że go prowokowała, dotykając, ocierając się o niego, nawiązując do tego w rozmowach, całując jego dłoń w ciemnym kinie. Minęło strasznie dużo czasu, zanim po raz pierwszy pocałował ją w usta.

Wracali ostatnim z tramwajem od Marty, u której zasiedzieli się po koncercie. Na zakręcie, ulegając sile bezwładu, przycisnął ją do szyby.

– Jesteś najważniejsza – wyszeptał i zaczął ją całować. Przestał, gdy motorniczy wykrzyknął, że zjeżdża do zajezdni. To tam, w tym tramwaju, tak naprawdę zaczęła go kochać.

Był zafascynowany tym, że ona studiuje fizykę. Uważał, że jest to nauka „absolutnie podstawowa, nieomal uroczysta", a przy tym wyjątkowo trudna.

Od pierwszej godziny słuchał jej uważnie. Wsłuchiwał się we wszystko, co mówiła. I wszystko pamiętał. Potrafił siedzieć na podłodze naprzeciwko niej, zapatrzony, i godzinami słuchać. Później, gdy byli już parą i sypiali ze sobą, potrafił kochać się z nią, wstać z łóżka, pójść do kuchni, wrócić z torbą jedzenia i napojów i rozmawiać z nią do rana. Czasami denerwowało ją to nawet trochę, bo zdarzało się, że nie kochali się już drugi raz, tylko cały czas rozmawiali.

Uwielbiał, gdy objaśniała mu wszechświat. Opowiadała o zakrzywieniu czasoprzestrzeni lub tłumaczyła, dlaczego czarne dziury wcale nie są czarne. Patrzył na nią wtedy z podziwem i całował jej dłonie. Nie mogła mu wytłumaczyć, że to nic szczególnego, wiedzieć i rozumieć takie rzeczy. A już na pewno nic bardziej szczególnego niż przygotować dobry materiał do gazety.

Andrzej studiował dziennikarstwo. Kiedy zapytała go dlaczego, odpowiedział:

– Aby mieć wpływ poprzez prawdę.

Zastanawiała się kiedyś, od którego momentu była tak naprawdę nim urzeczona. Może wtedy, gdy przez miesiąc chudł i nie mył się, aby upodobnić się do kloszardów i spędzić tydzień w przytułku dla bezdomnych?

Artykuł, który napisał z przytułku, poszedł w wydaniu krajowym i był cytowany w większości ogólnopolskich tygodników.

A może wtedy, gdy po reportażu z hospicjum dla dzieci za wszystkie swoje oszczędności wyremontował trzy sale „tych na terminalu", jak mawiały pielęgniarki? „Na terminalu" leżały dzieci, które miały już tylko do przeżycia czas mierzony dniami. Zauważył, że te dzieci nie mają nawet siły odwrócić głowy, aby oglądać rysunki i komiksy na ścianach. Były tak słabe lub podłączone do takich urządzeń, że widziały tylko sufit. Powiedział to ordynatorowi. Ordynator wyśmiał go, nie miał pieniędzy na morfinę, więc komiksy na suficie były dla niego jak kwestia z farsy. Ale dla Andrzeja nie. Kupił za wszystkie swoje pieniądze farby i pędzle i kwestował na ASP tak długo, aż studenci wymalowali komiksy na sufitach w hospicjum.

A może wtedy, gdy przyłapała go na tym, że co drugi dzień jeździ do przytułku dla psów i zawozi zebraną żywność?

Andrzej miał obsesję na punkcie psów. Gdy jego koledzy latem na ulicy odwracali głowy za dziewczynami, prowokującymi tym, co miały, a raczej tym, czego nie miały na sobie, Andrzej odwracał głowę za każdym napotkanym psem. Każdy był dla niego „niesamowity", „niezwykły", „zobacz, jaki piękny" lub po prostu „kochany". Lubiła psy, ale nie podzielała jego fascynacji.

Teraz kocha każdego psa. Może nawet bardziej niż on.

Podziwiała go i była strasznie o niego zazdrosna. Chciała go mieć tylko dla siebie. Chciała, żeby żadna kobieta nie poznała go bliżej i nie dowiedziała się, jaki jest. Czuła, że każda, która go pozna, także zechce mieć go tylko dla siebie.

Mieszkał w akademiku i nigdy nie wspominał swojego domu ani rodziców. To ją trochę zastanawiało i niepokoiło. Powiedział, że przyjechał do Krakowa z Iławy i że kiedyś ją „tam na pewno zabierze, chociaż to bardzo nieciekawe miejsce". Unikał rozmów na temat swojej przeszłości. To było widać niemal od pierwszej chwili.

Nigdy też nie udało jej się dowiedzieć, co robił w tym śmietniku wtedy w Wigilię. Kiedyś, w łóżku, poprosiła go szeptem, aby opowiedział jej o tym. Pamięta, że zadrżał i za chwilę poczuła wilgoć jego łez na swoich policzkach. Postanowiła wtedy, że więcej go o to nie zapyta. Jego przeszłość interesowała ją tylko z ciekawości. Bo ich przeszłość zaczęła się, gdy wjechał na nią swoim samochodem.

Czyli zaczęło od wielkiego Big Bangu. Tak jak wszechświat – myślała rozbawiona.

O początku urzeczenia nim myślała często przed zaśnięciem. Aż do tego czwartku tuż przed przedłużonym weekendem pierwszomajowym.

Znali się wtedy już ponad osiem miesięcy. Pojechali na Hel. Miał uczyć ją surfować po zatoce. Ruszyli w czwartek rano. Była prześliczna pogoda. W południe zatrzymali się na opustoszałym leśnym parkingu przy głównej drodze do Gdańska. Siedli na drewnianej ławce skleconej nieudolnie z desek. Nagle przysiadł na ławce za nią i zaczął ją całować po plecach. Po chwili rozpiął stanik, zdjął, podał jej i objął dłońmi piersi, nie przestając całować pleców. Pamięta, że drżała. Z podniecenia, oczekiwania i lęku, że ktoś może nagle wjechać na ten parking. Ale najbardziej chyba z ciekawości, co stanie się dalej. Bo odkąd pozwoliła mu robić ze swoim ciałem wszystko, co zechce, nigdy nie wiedziała, gdy kochali się, co stanie się dalej.

Nagle wstał z ławki, podał jej rękę i pociągnął w kierunku lasu. Biegła za nim. Tak jak stała. Z sukienką opuszczoną do pasa, stanikiem w ręku i nagimi piersiami biegła za nim. Nie pobiegli daleko. Tuż za pierwszymi drzewami zatrzymał się. Zdjął koszulę, rozłożył na trawie i położył ją delikatnie na niej. Przez chwilę całował jej usta. Potem przesunął się między uda, zdjął zębami majtki i już tam został. Zapomniała, że są na parkingu, zapomniała, że widać ich od strony leśnej drogi. Zapomniała o wszystkim. Bo ona się przy nim po prostu zapominała. Szczególnie gdy ją tam całował.

Wrócił do jej ust. W tym momencie wjechał na parking jakiś samochód. Zamilkli i leżeli bez ruchu. Odwróciła głowę i widziała to dokładnie. Z samochodu wysiadł niski mężczyzna w garniturze, podszedł do bagażnika, nachylił się, usłyszeli skowyt i zobaczyli, jak wyszarpuje z bagażnika psa. Jego kark obwiązany był grubą, poplamioną smarem liną. Mężczyzna rozejrzał się po parkingu, sprawdzając, czy jest sam. Potem podszedł do najbliższego drzewa, ciągnąc skomlącego psa. Okręcił kilkakrotnie linę wokół pnia i wrócił pośpiesznie do samochodu.

Tego, co nastąpiło, nie zapomni do końca życia. Andrzej zerwał się z niej tak jak stał. Podciągając spodnie, biegł jak szalony przez krzaki jałowca w stronę wyjazdu z parkingu. Wstała, zakryła sukienką piersi i pobiegła za nim. Andrzej w pewnym momencie schylił się, podniósł kamień. Wybiegł na szosę przed jadący samochód. Zatrzymał się i rzucił. Rozległ się huk i pisk hamulców. Andrzej rzucił się na maskę. Samochód zatrzymał się. Andrzej zszedł z maski i szarpnął drzwi, po czym wywlókł oniemiałego i zszokowanego kierowcę.

– Ty skurwielu jeden, jak mogłeś go tam zostawić?! Jak mogłeś?!

Ciągnął go za kark w stronę tamtego drzewa i powtarzał płaczliwie to swoje „jak mogłeś".

Widok był makabryczny. Krwawiący Andrzej, samochód z rozbitą szybą i śladami krwi na białym lakierze, stojący w poprzek drogi, odłamki szkła, ujadający rozpaczliwie pies, klaksony zniecierpliwionych kierowców.

Zjawiła się też karetka pogotowia. Andrzej akurat przyciągnął swoją ofiarę do drzewa. Pies ujadał i skakał z radości, widząc właściciela.

Popchnął mężczyznę w stronę psa i powiedział cicho, bardziej do siebie niż do kogokolwiek:

– Skurwielu, jak mogłeś go tu tak zostawić.

Wyczerpany usiadł na trawie przy drzewie i zaczął płakać.

Miał oczy pełne łez, jak wtedy w Wigilię przy śmietniku.

Objęła go i okryła koszulą. Drżał na całym ciele.

To, co się później działo na tym leśnym parkingu, przyprawia ją o drżenie jeszcze teraz. Przyjechała policja. Kierowca uszkodzonego samochodu oskarżył Andrzeja o próbę morderstwa. Tymczasem kierowcy ze stojących w korku aut dowiedzieli się, skąd wziął się przywiązany liną do drzewa pies. Wywołało to prawdziwy wybuch nienawiści do właściciela psa. Policja spisywała protokół, a kierowcy najgorszymi wyzwiskami obrzucali właściciela psa. Andrzej milczał. W pewnym momencie do policyjnej nyski, w której siedzieli, podszedł staruszek, wsunął tekturowe pudełko wypełnione pieniędzmi i zwracając się do Andrzeja, powiedział:

– Zebraliśmy dla pana od wszystkich w kolejce. Żeby pan mógł zapłacić za naprawę auta tego... tego osobnika.

Policjanci zamilkli.

Po godzinie droga opustoszała. Siedzieli przytuleni, w milczeniu, pod drzewem na trawie zrytej przez psa, którego policjanci wzięli do przytułku. Wtedy Andrzej zaczął mówić. Monotonnym, spokojnym głosem. Prawie bez emocji.

– Moja matka, jeszcze krwawiąca z rozerwanej moją głową pochwy, z obrzmiałymi, pełnymi mleka piersiami, ta suka jedna, zapakowała mnie nagiego w torbę, z którą chodziła po zakupy na róg do mięsnego, i wyniosła na śmietnik. Tak jak ty te wiadra ze śmieciami. To też było w Wigilię. Położyła mnie obok obierek, butelek po denaturacie i zakrwawionych podpasek i odeszła. Po prostu tak. Położyła mnie jak odpad i odeszła. Ale miałem szczęście. Mogła mnie włożyć na przykład do worka po ziemniakach. Takich worków nie rejestrują węchem nawet szczury. Moja torba była po mięsie, więc zarejestrował ją pies. Miałem temperaturę ciała obniżoną do trzydziestu trzech stopni. Ale przeżyłem. Już wiesz, ile zawdzięczam psom. Tak naprawdę nigdy im się nie odwdzięczę.

Pamięta, że siedziała obok niego sparaliżowana tym, co usłyszała, i zastanawiała się, dlaczego akurat teraz nie czuje ani współczucia, ani złości, ani nienawiści. Ani nawet miłości. Czuła jedynie strach. Zwykły biologiczny strach. Bała się, że ten człowiek mógłby kiedyś zniknąć z jej życia.

Przedostał się przez „Aleję Snajperów" do hotelu Holiday Inn. Oddał zaprzyjaźnionemu dziennikarzowi z CNN list do niej. Wracając, postanowił pójść na targowisko i kupić truskawki, które tak lubił. Bomba rozerwała go w południowej części targowiska, gdy wracał, wyjadając truskawki z szarej torebki.

W kwietniu 1992 roku Serbowie otoczyli Sarajewo. Gdy odstąpili od oblężenia we wrześniu 1995 roku, zostawili ponad dziesięć tysięcy zmarłych, w tym tysiąc sześćset dzieci. Wśród zabitych byli także Polacy.

Powiedział jej, że chce tam pojechać, którejś lipcowej nocy w 1993 roku. Siedzieli na kamieniach nad brzegiem morza w Ustce, pili wino z butelki i wpatrywali się w gwiazdy. Wziął jej dłonie, przycisnął do ust i powiedział:

– Pozwól mi... Proszę.

Poprosił dziekana o urlop. Nic nikomu nie mówił. Po telefonie od przyjaciela pojechał do Berlina i stamtąd przedostał się do Sarajewa z transportem pomocy humanitarnej. Po trzech tygodniach PAP cytował jego reportaże w większości swoich relacji z Sarajewa. Dla Marty był bohaterem, a ona nawet nie potrafiła być dumna. Bała się. Cały czas panicznie się bała. Oglądając wiadomości i zdjęcia z Sarajewa, czuła się jak przy ogłaszaniu wyroku na Andrzeja.

Pisał do niej. Codziennie. Listy przychodziły czasami z Berlina, czasami z Wiednia, czasami z Brukseli. Ale najczęściej z Londynu. W Sarajewie zaprzyjaźnił się z dziennikarzami CNN, mieszkającymi w Holiday Inn, i oni właśnie zabierali jego listy i wysyłali ze wszystkich tych miejsc.

Hotel Holiday Inn był tak naprawdę jedynym świętym miejscem, oszczędzanym przez Serbów. Tam mieszkali dziennikarze największych stacji radiowych i telewizyjnych z Zachodu i to powodowało, że artyleria oszczędzała ten budynek. Ale okolicy już nie. Wręcz przeciwnie. Tam można było zabijać. Aleja, przy której stał Holiday Inn, zyskała złowieszcze miano „Alei Snajperów". Serbowie strzelali tam nawet do wałęsających się psów. Ale tylko do zimy 1993/1994. Potem psów już nie było. Wszystkie zostały zjedzone.

Andrzej napisał jej o tym mężczyźnie, który po wybuchu granatu stracił żonę i trzy córki i zwariował. Zrobił sobie hełm z gazety i poszedł spacerować po „Alei Snajperów", wierząc, że w hełmie z gazety jest bezpieczny. *Stałem w pobliżu i widziałem, jak przedziurawili go na wylot w kilku miejscach już po piętnastu sekundach* – pisał.

Pisał także o innych miejscach i o innych śmierciach. Jak na przykład o tej policjantce, kierującej ruchem na ulicach Sarajewa. Zawsze w doskonałym makijażu, zawsze w nienagannie wyprasowanym mundurze i wyjątkowo obcisłej spódnicy. Stawała na skrzyżowaniu i kierowała ruchem. Także gdy nie było już żadnego ruchu. Do kierowania. Taka walka udawaną normalnością przeciwko obłędowi. Umarła któregoś dnia na ulicy.

Albo o tym kwartecie smyczkowym, który grał w oszczędzonej przez artylerię katedrze. Przy siedemnastu stopniach mrozu i świetle świec. Beethoven, Mozart, Grieg. I wtedy obok wybuchł granat.

Ale oni grali dalej. Do końca – pisał.

To po tym koncercie dostała najpiękniejszy miłosny list, jaki mogła sobie wyobrazić. W schronie słuchał z innymi Natalie Cole i pisał:

Adusiu

Są ludzie, którzy piszą takie rzeczy, gdy mają 18 lat, są ludzie, którzy nigdy nie napiszą takich tekstów, są ludzie, którzy uważają takie teksty za nieprawdopodobne, są też ludzie, którzy muszą napisać taki tekst, gdy chcą przekazać jakąś wiadomość.

Bo kochają i są egoistami. Ja jestem takim egoistą. I dlatego piszę takie teksty.

I zawsze będę.

Pamiętam, albo sobie przypominam, często tak niezwykle szczegóły z naszego życia.

Niezapomniane, „Unforgettable"...

Puszystość Twoich włosów na moim policzku, spojrzenia, do-tknięcia, Twoje westchnienia, wilgotność Twoich warg, gdy spotka-ły moje w tym nocnym tramwaju, i ich niecierpliwość.

Pamiętam smak Twojej skóry na plecach, pamiętam Twój nie-spokojny język w moich ustach, ciepło Twojego brzucha pod moją dłonią przyciskaną Twoją, westchnienia, wyznania, oddanie, bez-wstyd, pragnienie, spełnienie...

Niezapomniane „Unforgettable, that's what you are...".

I te krótkie momenty, kiedy czułem, że Ty czujesz tak samo...

Gdy czułaś tę dumę z tego, co ja osiągnąłem, kiedy zazdrościłaś mnie kobietom, które nawet mnie nie widziały, kiedy zadzwoniłaś tak po prostu, bez powodu, w poniedziałek lub w piątek, powie-działaś: uwielbiam cię i odłożyłaś słuchawkę zawstydzona.

„You feel the same way too"...

Wydaje mi się, że jesteśmy nierozłączni...

Że to po prostu już się stało i że tak będzie zawsze.

Że jeśli nawet zostanę zapisem w Twojej pamięci, jakąś datą, jakimś wspomnieniem, to i tak będzie to jak powrót do czegoś, co się tak naprawdę nie odłączyło. Po prostu się przesunęło na koniec kolejki osób istotnych.

I przyjdzie taki dzień, być może po wielu latach, kiedy mnie wy-ciągniesz – na kilka chwil – na początek kolejki i pomyślisz... „Tak, to ten Andrzej...".

Niezależnie od tego, co się zdarzy, co zdecydujesz, i tak będzie mi się wydawać, że jesteśmy nierozłączni.

„Inseparable"...

To przychodzi tak cicho i niespodziewanie.

Czytam książkę, myję zęby lub piszę kolejny reportaż. Po prostu przychodzi.

Nagle zaczynam myśleć o Twojej wardze albo o tym, co napisałaś ostatnio, albo o Twoich oczach, które są takie śliczne, albo o spódnicy, którą podeptałem Ci, wstając w ciemności z naszego łóżka, albo o sutkach Twoich piersi, albo o bieli Twojego brzucha, albo o wierszu, którego jeszcze Ci nie wyszeptałem do ucha, albo o muzyce, której chciałbym słuchać z Tobą, albo po prostu o deszczu, który by na nas padał, gdy siedzimy gdzieś pod drzewem i mogę Cię przed nim osłaniać...

I gdy tak myślę, to tak rozpaczliwie tęsknię za Tobą, że chce mi się płakać. I nie jestem pewien, czy z tego smutku, że tak tęsknię, czy z tej radości, że mogę tęsknić.

Andrzej
Sarajewo, 18 lutego 1994

W maju 1994 roku Andrzej poszedł na targ kupić truskawki, które tak lubił. I rozerwała go bomba. Pochowali go na cmentarzu w Sarajewie.

Tęskniła.

Tęskniła za nim nieustannie. Oprócz pragnienia odczuwała tylko to jedno: tęsknotę. Ani zimna, ani ciepła, ani głodu. Tylko tęsknotę i pragnienie. Potrzebowała tylko wody i samotności. Tylko w samotności mogła zatopić się w tej tęsknocie tak, jak chciała.

Nawet sen nie dawał wytchnienia. Nie tęskniła, bo śpiąc się nie tęskni. Mogła tylko śnić. Śniła o tęsknocie za nim. Zasypiała ze łzami w oczach i ze łzami się budziła.

Jej przyjaciele widzieli to. Nie dawali jej żadnych rad. Byli zbyt dobrymi przyjaciółmi. I za dobrze ją znali. Jedyne, co mogli zrobić, to wyrwać jej kilka godzin z tej tęsknoty. Kino, telefony, niezapowiedziane wizyty, nagłe podrzucenie dzieci do opieki. Aby tylko nie myślała. Organizowali ważne przyjęcia, w zasadzie bez powodu, aby tylko mieć pretekst do wyciągnięcia jej na zewnątrz. Chociaż na kilka godzin.

Przychodziła do nich dzielna i uśmiechnięta, mimo że sama nie mogła patrzeć na uśmiechniętych ludzi. Przynosiła im kwiaty, oni układali je w wazonie, a ona już widziała je martwe.

Dbała, aby nie nosić czerni. Ani na sobie, ani pod oczami. Nieustannie skupiona. Do granic. Skoncentrowana, aby nie pokazać bólu. Śmiała się tylko twarzą. Powtarzała śmiech po innych. Było to widać, czasami się spóźniała.

Nie żaliła się. Nigdy go nie wspominała. Z nikim nie chciała o nim rozmawiać. Tylko raz, jeden jedyny raz pękła jak zbyt jeszcze świeża blizna.

Były imieniny Marty. To przecież dzięki Marcie spotkała Andrzeja. Gdyby ona pewnego dnia nie postanowiła wyjść za mąż, nie spotkałaby Andrzeja.

Tego dnia Marta, nie ustalając niczego z nią, przysłała taksówkę. Po prostu. Ktoś zadzwonił do drzwi. Otworzyła. Młody taksówkarz wręczył jej kartkę. Poznała pismo Marty. *Czekamy na Ciebie. Taksówkarz wie, że nie ma prawa odjechać bez Ciebie. Marta.*

Zrobiła makijaż, wypiła dwa kieliszki czerwonego wina jeden po drugim, „na odwagę", wzięła ze stolika nocnego prezent dla Marty i pojechała. Objęły się serdecznie na powitanie. Marta wyszeptała jej do ucha:

– Imieniny bez ciebie nie miałyby sensu. Tak się cieszę się, że przyjechałaś.

Przedstawiła ją wszystkim. Wśród zaproszonych gości był także młody kleryk. Marta wspominała kiedyś, że poznała go, robiąc reportaż – była dziennikarką w jednym z ogólnopolskich tygodników – i że był „interesujący". Kleryk nie odstępował jej na krok. Nie był „interesujący". Ani przez chwilę. Był zarozumiały, powierzchownie inteligentny i miał pianę wokół ust od nieustannego mówienia o sobie i o tym, co „doprowadziło go do prawdy i Pana". Nie mogła się od niego uwolnić. Nawet ucieczka do toalety jej nie pomogła – czekał pod drzwiami. Wyszła, a on zaczął natychmiast mówić. Dokładnie w tym samym miejscu, w którym przerwała mu swoim wyjściem do toalety.

Gdy nawiązał do „straszliwego bezsensu wojny religijnej na Bałkanach", wiedziała, że czas wracać do domu. Nerwowo szukała wzrokiem Marty, aby się pożegnać. Nagle usłyszała to nieprawdopodobne zdanie, wypowiedziane teatralnym, modulowanym głosem ministranta:

– Nie straciliśmy Andrzeja. Zyskaliśmy tylko nowego anioła. Ty też powinnaś tak myśleć.

Odwróciła gwałtownie głowę. Zobaczyła jego złożone jak do modlitwy dłonie, to spojrzenie wszystkowiedzącego mentora i tę wstrętną pianę w kącikach jego ust. Nie wytrzymała. Upuściła kieliszek na podłogę, zbliżyła twarz do niego i powiedziała:

– Co ty palancie wiesz o stracie?! No co?! Czy ty chociaż raz, jeden jedyny raz widziałeś Andrzeja?!

Krzyczała. Histerycznie krzyczała. Wszyscy w pokoju zamilkli i odwrócili głowy w ich stronę.

– Czy ty wiesz, że oddałabym wszystkie twoje zasrane anioły za jedną godziną z nim?! Tę jedną, jedyną godzinę?! Żeby mu powiedzieć to, czego nie zdążyłam. Czy ty palancie wiesz, co powiedziałabym mu jako pierwsze?! Powiedziałabym mu najpierw, że najbardziej żałuję tych wszystkich grzechów, których nie zdążyłam z nim popełnić?! Nie?! Nie wiesz tego! Ty proroku na studiach i mesjaszu amatorze, nie wiesz tego?! Ale wiesz, co ja powinnam myśleć?!

Zamilkła. Zakryła twarz dłońmi. Trzęsła się jak epileptyk. W pokoju panowała absolutna cisza. Nagle opanowała się, sięgnęła do torebki przewieszonej przez ramię, wyszarpnęła chusteczkę higieniczną i jednym ruchem przesunęła ją wokół warg sparaliżowanego tym wszystkim kleryka. Cisnęła z obrzydzeniem biały zwitek chusteczki na podłogę, odwróciła się i po leżącym na podłodze szkle z rozbitego kieliszka pośpiesznie wyszła.

Ale to było ten jeden raz. Jeden jedyny. Nigdy więcej nie zakłóciła żadnego przyjęcia. Zapraszana, przychodziła. Nagle zauważali, że jej nie ma. Wychodziła, nie mówiąc nic nikomu, i wracała w największym pośpiechu, najczęściej taksówką, do domu, aby położyć się na swojej poduszce i płakać w spokoju. Bo ona tak naprawdę chciała tylko pić i tęsknić. I umrzeć też czasami chciała. Najlepiej na atak wspomnień.

Biurko z komputerem przysunęła do łóżka. Aby było blisko i żeby w nocy nie przewracać się o rzeczy na podłodze, gdy nagle zapragnie przeczytać list od niego. Bo wszystkie jego listy zapisała w komputerze. Dwieście osiemnaście listów, które jej przysłał. Gdyby spłonęło całe jej mieszkanie, gdyby zniknął jej komputer, gdyby zapadł się cały ten ohydny blok przy najpiękniejszym osiedlowym śmietniku tego świata, to i tak dyskietka z jego listami ocaleje w metalowym regale w domu Marty.

Budziła się dokładnie o trzeciej rano. Dzisiejszej nocy też. I wczorajszej. I każdej z pięciuset trzydziestu ośmiu nocy przed wczorajszą także. Dokładnie o trzeciej rano. Czy zimą, czy latem, obojętnie. O trzeciej rano zapukała do drzwi Marta i powiedziała jej, że Andrzej nie żyje. Patrząc w podłogę, powiedziała to zdanie:

„Andrzeja zabiła bomba na rynku w Sarajewie".

Dokładnie o trzeciej rano. Ponad dwa lata temu. W maju 1994 roku. Dlatego na jej ścianie wisi kalendarz z 1994 roku, chociaż jest 1996. I dlatego ta reprodukcja „Pola maków" Moneta z kalendarza z maja 1994 wita ją, gdy otwiera drzwi po powrocie do domu każdego dnia. Andrzej bardzo lubił Moneta.

To on powiesił na ścianie ten kalendarz. Krzywo i za nisko. Pamięta, że posprzeczali się o to, bo on twierdził, że „jest akurat" i „że ona się po prostu czepia". Zaczęła krzyczeć na niego. Wyszedł obrażony. Wrócił po godzinie. Z kwiatami, lodami waniliowymi, które uwielbiała, i torbą truskawek dla siebie. Zjadła lody i nie zdążyła go nawet zaciągnąć do łóżka. Kochali się na podłodze pod tą ścianą, na której wisi kalendarz. Potem, gdy wyczerpani palili papierosy, on wstał i nagi wyszedł do kuchni. Wrócił z młotkiem i podszedł do kalendarza.

– Nie rób tego teraz, jest przecież trzecia w nocy. Sąsiedzi mnie uduszą. Poza tym chcę, żeby on wisiał tak, jak wisi – wyszeptała i zaczęła go całować.

Dlatego ten kalendarz zawsze będzie wisiał krzywo i za nisko i dlatego też nigdy nie pomaluje tej ściany. Nigdy.

Chudła.

Był dla niej jak kapłan.

Właśnie tak. Pamięta, że od pewnego momentu nie potrafiła tego inaczej określić.

Tylko krótko wydawało się jej, że to jest tak bardzo aroganckie i absurdalne, myśleć o tym właśnie wtedy, gdy leżeli przytuleni do siebie nadzy i lepcy od potu i jego spermy, i on szeptał do niej te wszystkie ewangelie o miłości, a ona czuła, jak z każdym wyszeptanym zdaniem bardziej rozpycha prąciem jej uda.

Kapłan z nadchodzącą erekcją.

To było może grzeszne, obrazoburcze i wiarołomne, ale właśnie tak wtedy czuła.

Był wtedy pośrednik – kapłan właśnie – między czymś mistycznym i ostatecznym a nią. Bo miłość jest przecież tak mistyczna i ostateczna i też ma swoje ewangelie. Ma też swoją komunię – gdy przyjmuje się w siebie czyjeś ciało.

Dlatego był dla niej jak kapłan.

Gdy odszedł, nie potrafiła zrozumieć celu swojej cielesności i kobiecości. Po co? Dla kogo?

Po co jej piersi, jeśli on ich nie dotyka lub nie karmią jego dzieci?

No po co?

Brzydziła się sobą, gdy mężczyźni wpatrywali się w jej piersi, gdy w roztargnieniu nie ukryła ich w obszerności czarnego wełnianego swetra, lecz włożyła rano zbyt obcisłą bluzkę. Te piersi były przecież tylko dla niego. I dla jego dzieci.

Tak postanowiła.

Dlatego trzeciego miesiąca po jego śmierci chciała je amputować.

Obie.

Ta myśl przyszła jej do głowy którejś nocy po przebudzeniu z okropnego snu o Sarajewie, przed okresem, gdy swoją opuchlizną i bólem tak wyraźnie przypominały jej o swoim istnieniu.

Oczywiście nie zrobi tego. To zbyt okrutne. Ale zmniejszy je, rozpędzi, rozgoni jak wrzody. Zasuszy.

Weźmie je głodem.

Rano była najchudsza. Dlatego poranki nie były już takie straszne. Ta jej chudość to była taka mała radość, takie małe zwycięstwo nad okrucieństwem dnia rozpoczynającego się tym swoim cholernym słońcem budzącym wszystko do życia, tą swoją świeżością, tą swoją rosą na trawie i tymi swoimi nieskończonymi dwunastoma godzinami do przeżycia.

Weźmie je głodem, zasuszy...

Chudła.

Otworzyła drzwi. Marta. Powiedziała, że nie ruszy się z miejsca, jeśli ona nie pojedzie do lekarza.

– Zobacz – wskazała na wypchany plecak – tam jest żywność na minimum dwa tygodnie. Woda leci z twoich kranów. Strasznie się mieszka ze mną. Pomijając to, że chrapię.

Uśmiechnęła się. Pojechała z Martą. Wyłącznie dla Marty. Ona sama zrobiłaby wszystko dla Marty.

– *Anorexia nervosa* – powiedział psychiatra, przerażająco chudy starzec o białych jak śnieg, gęstych włosach. – Wypiszę pani skierowanie do stołówki – dodał, pisząc coś pośpiesznie w swoim notatniku.

– Do stołówki? – odezwała się Marta, która też była w gabinecie. Bo ona tylko pod tym warunkiem zgodziła się na rozmowę z lekarzem.

– Przepraszam – uśmiechnął się – do Kliniki Zaburzeń Odżywiania. Ale i tak przyjmą tam panią dopiero za rok. Tam jest taka kolejka. To teraz bardzo modna choroba. Musi być pani cierpliwa.

– Nie chcę żadnego skierowania – zaprotestowała cicho.

Podniósł głowę znad notatnika, usiadł wygodniej w fotelu.

– Źle pani robi. Bardzo źle. Mam opowiedzieć, co się będzie z panią działo w najbliższych tygodniach i miesiącach? Mam opowiedzieć o tym, jak pani krew stanie się tak wodnista, że najdrobniejsze skaleczenie doprowadzi do krwotoku? O tym, że będzie pani łamała palce lub całe ręce i nawet tego nie zauważy? Że straci pani włosy? Wszystkie. Na głowie, pod ramionami, łonowe. Opowiedzieć o wodzie, która zacznie się zbierać w pani płucach? Opowiedzieć o tym, że zatrzyma sobie pani cykl owulacyjny i praktycznie odłączy od siebie macicę i zatrzyma menstruację? – Spojrzał w jej kartę informacyjną. – I to w wieku dwudziestu ośmiu lat?

Odsunął kartę.

– Ale pani nie chce skierowania. Pani chce się upodobnić do szarej obojnackiej myszy. Chce pani się po prostu zrobić nieważna, mała, nieistotna. Jaka rozpacz pcha panią do tego, że chce pani przestać być kobietą? Ja nie wiem jaka, ale wiem, że żaden mężczyzna, nawet ten, który umarł, nie chciałby tego. Bo pani jest zbyt piękna.

Marta płakała. W pewnym momencie wstała i wyszła z gabinetu.

Ona siedziała oszołomiona i patrzyła na tego lekarza. Przestał mówić. Odwrócił głowę i patrzył w okno.

Siedziała skulona i drżała. Po chwili, nie podnosząc oczu powiedziała:

– Czy pan... to znaczy... czy może mi pan wypisać to skierowanie?

Kochanka

Wchodził. Czasami zrzucał marynarkę na podłogę, czasami wieszał ją na wieszaku w przedpokoju. Bez słowa podchodził do mnie, podnosił spódnicę lub zsuwał gwałtownie moje spodnie, wpychał swój język w moje usta, potem rozsuwał moje nogi i wsuwał dwa palce we mnie. Czasami nie byłam wcale wilgotna i gdy wybrał niewłaściwe palce, czułam jego obrączkę w swojej pochwie.

Co czułaś w takim momencie?

Drut kolczasty. Po prostu drut kolczasty. Zardzewiały drut kolczasty w mojej pochwie i jego język w moich ustach. Każda litera wygrawerowana na tej obrączce była jak zahaczający i rozrywający mnie kolec. *Joanna 30.01.1978*. Zaczynało boleć przy „J", pierwsze łzy przychodziły przy pierwszym „a", przebijało mnie przy „30". Urodziłam się 30 stycznia. W dniu jego ślubu, tylko że osiem lat wcześniej. Gdy przychodził do mnie w urodziny, miał zawsze dwa bukiety. Jeden dla mnie. Ten mój urodzinowy. Przepiękny. Taki, aby obejmując go, trzeba było wyciągać obie ręce. Drugi dla żony. Kładł go na parapecie w kuchni. Tak, aby go przemilczeć. Udawać, że jest jak jego aktówka. Bez znaczenia. Tak, aby nie leżał w salonie, gdy kochamy się na podłodze, lub w sypialni, gdybyśmy zdążyli tam dotrzeć. Gdy po wszystkim przestawał mnie całować i odwracał się, wstawałam z podłogi w salonie lub z łóżka w sypialni i naga szłam do łazienki. On zazwyczaj leżał i palił papierosa. Wracając z łazienki przez przedpokój, zauważałam ten bukiet. Podchodziłam do szafy w przedpokoju, brałam ten największy wazon z fioletowego szkła, nalewałam wody, szłam do kuchni i wstawiałam kwiaty dla jego żony. Bukiet taki, aby obejmując go, trzeba było wyciągać obie ręce. Także przepiękny. Bo on nigdy nie kupuje kwiatów w pośpiechu. Nigdy. On kupuje kwiaty tak naprawdę dla siebie, aby cieszyć się widokiem radości, którą nimi sprawia. Mnie. I swojej żonie także.

Róże dla niej były zawsze purpurowe. Wstążki zawsze kremowe. Za folią między kwiatami zawsze biała koperta. Niezaklejona. Kiedyś miałam ją już w dłoniach. On leżał w pokoju, palił papierosa, zmęczony i uspokojony tym, co zrobiliśmy przed chwilą, a ja stałam naga w kuchni przy bukiecie purpurowych róż dla jego żony i przyciskałam do piersi kopertę, w której były słowa mogące mnie jedynie zranić. Pamiętam, że spojrzałam na tę kopertę i widząc pisane jego ręką słowo *Joanna*, poczułam w sobie po raz drugi ten drut. Ale tym razem już w całej sobie, wszędzie. Odłożyłam wtedy tę kopertę za folię. Opadła między purpurowe róże dla jego żony. Musiałam odwrócić się od tego wazonu, aby więcej nie patrzeć na niego, i stałam odwrócona plecami do okna, naga, drżąc z zimna i z bólu, i z poniżenia, i z litości nad sobą, czekając, aż drżenie przejdzie. Aby niczego nie zauważył.

Potem wracałam na podłogę lub do łóżka, wtulałam się w niego i zapominałam o wszystkim. Pomagał mi w tym. Czasami miałam wrażenie, że wie, co działo się ze mną w tej kuchni i chce mi to wynagrodzić. Tak jak gdyby pocałunkami chciał zatkać dziury we mnie po tym kolczastym drucie. I zatykał. Bo on kocha kobiety tak samo jak kupuje dla nich kwiaty. Głównie po to, aby czuć radość, patrząc na nie, gdy są szczęśliwe. I to jest chyba to, co tak bardzo uzależnia mnie od niego. To uczucie, że nie można przeżyć bez niego czegoś „równie dobrego" albo czegoś „lepszego". Po prostu nie można.

Czasami wydawało mi się, że to absurd. Że to tylko moja niedorozwinięta wyobraźnia. Kiedyś odważyłam się i powiedziałam to swojemu kolejnemu psychoterapeucie. To, co usłyszałam, było jak wykład, który miał mnie chyba wprowadzić w stan podziwu. Powiedział, że to nie ma nic wspólnego z wyobraźnią i że to jest „edypalny przejaw pragnienia bycia żoną swojego ojca i uczynienia z niego swej własności oraz pragnienia rodzenia mu dzieci". Wyobrażasz to sobie?! Taki palant! Takie coś mi powiedział. Mnie, która nie miała ojca od drugiego roku życia. A przed drugim rokiem życia miała go ponoć sześć miesięcy i dwadzieścia trzy dni zanim trawler, na którym był oficerem, uderzył w górę lodową i zatonął koło Nowej Fundlandii. Wyszłam w połowie drugiej terapii i nawet nie chciało mi się trzasnąć drzwiami. Mógłby poczuć się zbyt dobrze, myśląc, że udało mu się mnie zdenerwować. „Edypalny przejaw pragnienia". Coś takiego! Zarozumiały psychol w czarnym golfie, spodniach, które chyba nigdy nie widziały pralni, i z brzydkim kolczykiem w uchu. Mówić coś takiego mnie, która zaraz po „Dzieciach z Bullerbyn" przeczytała „Psychologię kobiety" tej genialnej Horney!

To na pewno nie był „edypalny przejaw pragnienia". To były jego usta. Po prostu. I dłonie także. Wtulałam się w niego, a on dotykał i całował. Wszystko. Usta, palce, łokcie, włosy, kolana, stopy, plecy, nadgarstki, uszy, oczy i uda. Potem oczy, paznokcie i znowu uda. I trzeba było mu przerywać. Aby wreszcie przestał całować i aby wszedł we mnie, zanim zrobi się za późno i będzie musiał wstać, ubrać się i zejść do taksówki, która zawiezie go do żony.

I gdy później wychodził do domu, zabierając bukiet z wazonu w kuchni, miałam to wyraźne uczucie, że nie można bez niego przeżyć „czegoś równie dobrego". Po prostu nie można. I że to akurat mam takie ogromne szczęście z nim przeżywać. I że tego nie wyjaśni żaden psycholog i że sama Horney, gdyby jeszcze żyła, także nie potrafiłaby tego wyjaśnić. I że nawet gdyby mogła, to ja i tak nie chciałabym tego słuchać.

Czasami z korytarza lub już z ulicy wracał i wbiegał na moje czwarte piętro, wpadał zdyszany do mieszkania, aby podziękować mi, że włożyłam kwiaty do wazonu. I wtedy bolało mnie najbardziej. Bo ja tak samo jak on chciałam przecież, aby to przemilczeć. Udawać, że ten bukiet jest jak jego aktówka. Bez znaczenia. Nie udało się to nam nigdy. Ja za każdym razem wyciągałam fioletowy wazon, a on zawsze wracał, aby podziękować.

A wracał, bo nigdy niczego nie bierze za oczywiste. I to jest – i zawsze był – także kawałek tego nieosiągalnego „czegoś równie dobrego", czego nie przeżyje się z innym mężczyzną. On się nad wszystkim zastanawia, pochyla troskliwie lub w najgorszym przypadku wszystko dostrzega. Traktuje wdzięczność jak coś, co powinno się wyrazić tak samo jak szacunek. Najlepiej natychmiast. I dlatego nie wiedząc nawet, jaki ból mi tym sprawia, wbiegał zdyszany na czwarte piętro, całował mnie i dziękował za to, że kwiaty wstawiłam do wazonu. I gdy on zbiegał do taksówki schodami, ja wracałam do sypialni lub do salonu, gdzie przed chwilą mnie całował, dopijałam resztki wina z jego i mojego kieliszka, otwierałam następną butelkę, nalewałam wino do obu i płakałam. Gdy wino się kończyło, zasypiałam na podłodze.

Czasami nad ranem, ciągle jeszcze pijana, budziłam się, drżąc z zimna, i musiałam pójść do łazienki. Wracając, widziałam swoje odbicie w lustrze. Policzki poorane ciemnymi strużkami resztek po makijażu. Czerwone plamy zaschniętego wina, rozlanego na moje piersi, gdy ręce trzęsły mi się od łkania lub gdy byłam już tak pijana, że rozlewałam wino, podnosząc kieliszek do ust. Włosy przyklejone do czoła i szyi. I gdy widziałam to odbicie w lustrze, dostawałam ataku nienawiści i pogardy do siebie, do niego, do jego żony i do wszystkich cholernych róż tego świata. Wpadałam do salonu, chwytałam ten bukiet, co to trzeba było wyciągnąć obie ręce, żeby go objąć, i tłukłam nim o podłogę, o meble lub o parapet. Bo ja także dostawałam od niego róże. Tylko że białe. Przestawałam tłuc, gdy na łodygach nie było już żadnych kwiatów. Dopiero wtedy czułam się uspokojona i szłam spać. Budziłam się około południa i chodziłam boso po białych płatkach leżących na podłodze w salonie. Na niektórych były plamy krwi z moich dłoni pokłutych kolcami. Takie same plamy były zawsze na pościeli. Teraz już będę pamiętała, aby nie zapalać światła w łazience nad ranem 31 stycznia.

Ale róże ciągle lubię i gdy już się uspokoję tego 31 stycznia i gdy wieczorem piję herbatę z rumianku i słucham jego ulubionego Cohena, to myślę, że on jest właśnie jak róża. A róża ma też kolce. I myślę, że można płakać ze smutku, że róża ma kolce, ale można również płakać z radości, że kolce mają róże. Kolce mają róże. To jest ważniejsze. To jest znacznie ważniejsze. Mało kto chce mieć róże dla kolców...

Ale przy Cohenie ma się takie myśli. Bo on jest taki przeraźliwie smutny. Rację ma ten brytyjski krytyk muzyczny: do każdej płyty Cohena powinni dodawać darmowe brzytwy. Wieczorem 31 stycznia potrzebuję herbaty z rumianku i właśnie Cohena. To przy jego muzyce i przy jego tekstach mimo tego jego sztandarowego smutku najłatwiej jest mi poradzić sobie z moim własnym.

I tak jest od sześciu lat. Od sześciu lat 30 stycznia najpierw on doprowadza mnie do szaleństwa, dotykając, całując i pieszcząc moje dłonie, a potem ja sama kaleczę je sobie do krwi kolcami róż z urodzinowego bukietu od niego. Ale tak naprawdę to głównie kaleczą mnie litery i cyfry *Joanna 30.01.1978,* wygrawerowane delikatnie na wewnętrznej stronie jego obrączki. Kaleczą mnie jak drut kolczasty w podbrzuszu.

Dlaczego się na to godzisz?

I ty także o to pytasz?! Moja matka mnie o to pyta, gdy jadę do niej na święta. I zawsze przy tym płacze. I wszyscy moi psychole, oprócz tego od „przejawu edypalnego", mnie o to nieustannie pytali i pytają. Ja doskonale rozumiem intencję, niemniej to pytanie jest niewłaściwie postawione. Bo ja wcale nie mam uczucia, że się na coś godzę. Nie można godzić się na coś, co jest potrzebne lub czego się pragnie, prawda?

Ale pomijając pytanie i rozumiejąc intencję, trwam – bo chyba wszystkim o to trwanie w tym pytaniu chodzi – przy nim głównie dlatego, że kocham go tak bardzo, że czasami aż mi dech zapiera. Czasami marzę, aby mnie porzucił, nie raniąc przy tym. Wiem, że to niemożliwe. Bo on mnie nie porzuci. Po prostu to wiem. Bo on jest najwierniejszym kochankiem. Ma tylko mnie i żonę. I jest nam obu wierny. Odejdzie wtedy, gdy ja mu to nakażę lub gdy znajdę sobie innego mężczyznę. Ale ja nie chcę mu tego nakazać. A to z innymi mężczyznami także nie funkcjonuje. Wiem, bo miałam kilku „innych mężczyzn". Głównie po to, aby z tymi mężczyznami uciekać od niego.

To było przed dwoma laty. Wyjechał na kilka tygodni do Brukseli, na jakieś szkolenie. Odkąd przeszedł do tej firmy internetowej, często wyjeżdżał. Miałam do niego polecieć na ostatni tydzień. Planowaliśmy to w szczegółach na dwa miesiące przed jego wyjazdem. Już samo planowanie wprowadzało mnie w ekstazę. Kiedy znalazł się w Brukseli, dzwonił każdego dnia. Miałam już wszystko przygotowane. Mieliśmy być z sobą siedem dni i osiem nocy. Byłam niewiarygodnie szczęśliwa. Tabletkami tak przesunęłam moją menstruację, aby w żadnym wypadku nie wypadła na ten tydzień w Brukseli. Miałam lecieć w piątek, a w środę dostałam gorączki. Ponad trzydzieści dziewięć stopni. Płakałam z wściekłości. Gdybym mogła, udusiłabym tę koleżankę, która przywlokła się z anginą do biura i mnie zaraziła. Jadłam łyżkami sproszkowaną witaminę C, garściami łykałam aspirynę, chodziłam z torebką wypchaną pomarańczami i cytrynami, które jadłam, nie posypując cukrem, jak jabłka. Postanowiłam, że będę zdrowa na moje siedem dni i osiem nocy w Brukseli. To było jak projekt w pracy: „Bruksela, czyli zdrowa za wszelką cenę". Kiedy nic nie pomagało, zaczęłam brać wszystkie antybiotyki, które znalazłam w apteczce w łazience. Większość była już przeterminowana, bo ja normalnie prawie nigdy nie choruję. Właśnie we środę, gdy antybiotyki się skończyły, a ja ciągle miałam prawie trzydzieści dziewięć stopni gorączki i uczucie, że pod łopatką mam wbity nóż, który się rusza, jak kaszlę, poszłam do prywatnej przychodni koło mojego biura.

Stanęłam w wąskim korytarzu prowadzącym do gabinetów lekarzy. W fotelu przed drzwiami gabinetu ginekologicznego siedziała jego żona i czytała książkę. Pod oknem, przy niskim stoliku z kredkami i plasteliną jego córka rysowała coś na dużej kartce papieru. Podniosła głowę, gdy weszłam, i uśmiechnęła się do mnie. Uśmiechała się identycznie jak on. Całą twarzą. I tak samo jak on mrużyła przy tym oczy. Poczułam, że drżą mi ręce. W tym momencie jego żona wstała, wywołana przez pielęgniarkę. Odłożyła książkę, powiedziała coś do córki i uśmiechając się do mnie, wskazała zwolniony fotel. Przechodząc obok mnie w wąskim korytarzu, otarła się o mnie ogromnym brzuchem. Była w ostatnich tygodniach ciąży.

Pociemniało mi w oczach. Podeszłam do okna i nie zważając na protesty, otworzyłam je na oścież i zaczęłam głęboko wciągać powietrze. Ktoś pobiegł przywołać pielęgniarkę. Po chwili, odurzona powietrzem, poczułam się lepiej. Zamknęłam okno i wyszłam. Jego córka patrzyła na mnie przestraszona, nie rozumiejąc, co się dzieje.

Nie potrzebowałam już antybiotyków. Po drodze wysypałam do ulicznego kosza pomarańcze i cytryny z torebki. Do następnego wyrzuciłam wszystkie aspiryny. Nagle poczułam, że bardzo chcę być chora. Najpierw być śmiertelnie chora, a potem gdzieś się zakopać. Tak, aby mnie nikt nigdy nie odnalazł. Wziąć swojego pluszowego łosia z dzieciństwa, przytulić się do niego i zakopać na jakiejś najbardziej opustoszałej działce za miastem.

Gdy dotarłam do domu, nie miałam siły wejść na moje czwarte piętro. Zatrzymywałam się na każdym i odpoczywałam. Piętnaście minut lub dłużej. Nagle byłam bardzo chora. Tak jak sobie życzyłam. Zasnęłam w ubraniu na kanapie w salonie. Nie miałam siły rozebrać się i przejść do sypialni. Śniło mi się, że jego córka ukryła się ze strachu przede mną w szafie i bawi się moim pluszowym łosiem, wydłubując jego plastikowe czarne oczy widelcem.

Obudziłam się po osiemnastu godzinach. Wstałam, wyjęłam swój bilet do Brukseli i spaliłam go nad umywalką. Potem wyciągnęłam wtyczkę telefonu z gniazdka. Przedtem zamówiłam ślusarza i zmieniłam zamki w drzwiach. Żeby on nie mógł tutaj już nigdy wejść. Gdy ślusarz wyszedł, zamknęłam drzwi na nowy klucz i schowałam go pod poduszkę. Tego dnia także postanowiłam, że gdy tylko wyleczę się z anginy, to znajdę sobie innego mężczyznę. I zaraz potem zajdę z nim w ciążę. I to będzie znacznie pewniejsze niż zmiana zamków w drzwiach.

Najpierw płakałam albo spałam. Potem samolot do Brukseli odleciał beze mnie. Tego samego dnia kaszel osłabł i wypadł ten nóż z pleców. Gdy opadła gorączka, zdałam sobie sprawę, że on z pewnością nie wie, dlaczego mój telefon nie działa i dlaczego nie było mnie w tym samolocie. I dlaczego nie ma mnie w biurze. Byłam pewna, że te dzwonki i pukanie do drzwi, które słyszałam, ale ignorowałam w ciągu ostatnich dni, to z pewnością któryś z jego przyjaciół albo nawet on sam.

Mijały moje dni i moje noce z tych siedmiu i ośmiu w Brukseli, a ja przechodziłam powoli z fazy „jak on mógł zrobić mi taką podłość" do fazy „jaką właściwie podłość mi zrobił?". Co ja sobie wyobrażałam? Że on wraca do łóżka żony i grają w szachy lub oglądają albumy z fotografiami z młodości całe noce? Tym bardziej że to nie było tak, że ona to „ponad dwa cetnary mamuśka w domu", a ja to „90-60-90 kochanka dziesięć ulic dalej". Jego żona była piękna, nie ten model. Nigdy tak zresztą nie myślałam. Ale to, że jest aż tak piękna, jak tam w tej poczekalni, na krótko przed porodem, zabolało mnie dotkliwie.

I ten brzuch, gdy przeciskała się przez wąski korytarz obok mnie. Gdy dotykała mojego brzucha swoim brzuchem z jego dzieckiem w środku, czułam się, jak gdyby ktoś odciskał mi nad pępkiem gorącym żelazem to *Joanna 30.01.1978.* Tak jak znaczy się owce lub krowy.

Bo ja miałam w mózgu – chyba wyczytany z książek i zaimpregnowany własną wolą – schemat psychologiczny, w którym jego żona to prawie jego matka. Aseksualna. Konkurentka, ale tak, jak konkurentką pozostaje zawsze teściowa. Taki absurdalny – Freud mógłby być ze mnie dumny – model skonstruowałam sobie. Nigdy nie pytałam go, czy sypia z żoną. Nigdy też nie pytałam, czy chce z nią mieć kolejne dzieci. Po prostu jakoś tak podświadomie założyłam, że jeśli zostawia we mnie swoją spermę, to niegodziwością byłoby zostawianie jej w innej kobiecie. Szczególnie tak świętej i tak aseksualnej jak jego żona.

Dla mnie była ona po części otoczona kultem świętości. Ladacznicą miałam być wyłącznie ja. Ona miała prawo do jego szacunku i codziennych mszy, ja za to miałam mieć wyłączne prawo do jego ciała i czułości. Pomyliłam to, co psychoanalityk zdiagnozowałby jako nerwicę, z modelem życia i ten właśnie model rozsypał się z hukiem na drobne kawałki w poczekalni u lekarza, gdy brzuch jego ciężarnej żony otarł się o mój. I tak naprawdę to powinnam być wściekła na siebie za to, że konstruuję sobie utopijne modele. Ale byłam wściekła na niego. Za to, że zamiast odmawiać na jej cześć różańce, chodził z nią do łóżka. Co przez ten jej ogromny brzuch tak ewidentnie wyszło na jaw.

Poza tym ja zdecydowanie przeceniałam seksualność w moim związku z nim. I to jest powszechne. Właśnie tak. Powszechne i przeciętne. Seksualność jest jednym z najpowszechniejszych, najtańszych i najprostszych sposobów zapewnienia sobie uczucia. I dlatego tak łatwo się ją przecenia. I dlatego też pewnie tylu mężczyzn wraca do domu na obiad, ale po uczucie idzie do prostytutki.

I ja także przeceniłam tę seksualność. I mnie się to także zdarzyło. Mnie, regularnej petentce psychoterapeutów. Bo ja tak bardzo potrzebowałam uczucia. I dlatego gdy minęła mi ta brukselska angina, poszłam na nie polować.

Samotna inteligentna kobieta przekraczająca trzydziestkę, która niecierpliwie chce znaleźć uczucie w tej dżungli na zewnątrz, rzadko upoluje cokolwiek. Już raczej sama zostaje upolowana. I to najczęściej przez myśliwych, którzy albo strzelają na oślep, albo mylą strzelnicę w wesołym miasteczku z prawdziwym polowaniem i traktują kobietę jak plastikowy goździk lub stokrotkę, w którą trafili z wiatrówki na tej strzelnicy.

Kobieta przekraczająca trzydziestkę jest z reguły bardzo interesująca dla pięćdziesięciolatków i wyżej oraz ciągle jeszcze dla osiemnastolatków i niżej. To jest fakt, o którym czytałam najpierw w „Cosmopolitan", potem w „Psychologii dzisiaj", i który odczułam na własnej skórze i to w różnych jej miejscach.

Bo większości tych mężczyzn tak naprawdę to głównie o moją skórę chodziło. Tylko jednemu – tak mi się wydawało – chodziło o duszę. Przynajmniej tak mówił i na początku wcale nie chciał mnie rozbierać, gdy zaprosiłam go do siebie po drugiej kolacji. Dałam mu czas. Potrafił nawet przerwać monolog o sobie i pozwolić powiedzieć coś o moim świecie. Po około dwóch tygodniach, po koncercie w filharmonii przyjechaliśmy taksówką do mnie. Miało być wreszcie intymnie. Bo to był koncert Brahmsa, a dla mnie Brahms jest bardzo sexy i działa mi na receptory. Ale nic z tego nie wyszło. Tego wieczoru przyłapałam go w łazience, jak wyciągał z kosza z bielizną do prania moje majtki i wąchał. I wtedy wiedziałam, że jeśli nawet chodzi mu o duszę, to z pewnością nie moją.

Po pewnym czasie pogodziłam się z faktem, że trzeba dobrze wyglądać, być szczupłą, świeżo wykąpaną i ładnie pachnieć oraz pozwolić bardzo wcześnie minimum na petting, aby „zaparkować" mężczyznę na chwilę przy sobie. Taki polski młody, bardzo warszawski, seksualny kapitalizm z dużą podażą i kontrolowanym popytem. Ciekawe, że wyłącznie żonaci mężczyźni potrafili pogodzić się z faktem, że dla mnie intymność to nie jest coś, co można zamówić DHL-em z doręczeniem na sobotę wieczorem. Ale żonaci mężczyźni mają swoje madonny od obiadów w domu i ja nie po to wydałam tyle pieniędzy na ślusarza, żeby teraz znowu zmieniać zamki.

Ci starsi, nieżonaci przeważnie z orzeczeń sądów, i ci bardzo młodzi, nieżonaci z definicji, oczywiście nie wszyscy, ale w większości, mieli jedną wspólną cechę: jeśli już nie mieli kłopotów z erekcjami, to mieli erekcje z kłopotami.

Ci młodzi to przeważnie Hormonici. Tak ich nazywałam. Całkowicie na testosteronie i adrenalinie. Nie wiedzieli dokładnie, co robią, ale robili to całą noc. Kłopoty z ich erekcją polegały na tym, że mieli ją znowu po piętnastu minutach, ale dla mnie nic z tego nie wynikało, im zaś się zdawało, że należy im się za to medal. Rano szli dumni jak gladiatorzy do domu, a ja miałam otartą twarz od ich dwudniowego zarostu i obolałą pochwę od ich adrenaliny.

Ci w moim wieku najpierw całe wieczory opowiadali, kim już są lub kim zostaną wkrótce, a zaraz potem mieli umiarkowane, normalne erekcje, ale byli za to za bardzo oczytani. Naczytali się instrukcji obsługi łechtaczki, punktu G, wiedzieli wszystko o grze wstępnej i oksytocynie i traktowali mnie jak kino domowe. Naciśnij tutaj, przekręć gałkę tam, trzymaj dwa wciśnięte przyciski przez minimum pięć sekund i będziesz miał najlepszą jakość obrazu i najlepszy dźwięk. Ale to nie działa. Kobiety nie są szafkami z IKEI, które da się zmontować według instrukcji.

Ci około pięćdziesiątki byli przekonani, że są tak samo piękni i tak samo ważni jak te wszystkie tytuły lub stanowiska na ich wizytówkach. Mieli więcej siwych włosów, ale spokoju także mieli więcej. Potrafili dłużej czekać, przeczytali więcej książek, mieli więcej do opowiedzenia o swoich eksżonach i zawsze płacili wszystkie rachunki. A potem w nocy byli tak zajęci spowodowaniem, utrzymaniem lub wzmocnieniem swojej erekcji, że całkowicie zapominali o tym, po co ją chcą spowodować, utrzymać lub wzmocnić. Zapominali całkowicie o mnie, skupieni na swoim czternasto- lub mniej centymetrowym ego. Potem rano znajdowałam w torebce ich żałosne wizytówki, z których byli tacy dumni.

Dokładnie sto osiemdziesiąt dwa dni po tym, jak zmieniłam zamki w drzwiach swojego mieszkania, wyjeżdżałam służbowo z Dworca Centralnego w Warszawie do Torunia, przygotować jakiś wywiad dla mojej gazety. Płacąc za bilet, wyciągnęłam z portmonetki banknot dwustuzłotowy i kasjerka w kasie nie miała reszty. Odwróciłam się, aby zapytać osobę w kolejce za mną, czy mogłaby rozmienić mi te dwieście złotych. Stał za mną. Milcząc, wziął dwieście złotych z mojej dłoni zastygłej w zdumieniu i lęku, podszedł do kasy i powiedział, że on także jedzie do Torunia i że chciałby miejsce obok mnie. Kasjerka podała mu dwa bilety i wydała resztę. Wziął moją walizkę i milcząc poszliśmy na peron. I gdy schodami ruchomymi zjeżdżaliśmy na peron, z którego miał odjechać pociąg do Torunia, stanął blisko za mną i zaczął szybciej oddychać, a potem całować moją szyję i brać do ust i ciągnąć delikatnie moje włosy. I wiesz, co wtedy czułam?! Kiedyś czytałam reportaż o narkomanach, było tam między innymi także o tym, jak czuje się narkoman, który przez dłuższy czas nie mógł brać, bo był na przykład w więzieniu. Potem, gdy wreszcie ma swoją kreskę lub porcję LSD i wciąga ją do nosa lub wstrzykuje do żyły, czuje coś w rodzaju orgazmu lub wigilijnej sytości po całych tygodniach głodowania. Na tych schodach na peron pociągu do Torunia, gdy on dotykał ustami mojej szyi, czułam dokładnie to. I wtedy, na krótko, przestraszyłam się myśli, że być może ja mylę miłość z uzależnieniem od niego. Takim narkotycznym uzależnieniem. Jak od LSD, morfiny albo od valium na przykład. I to wcale nie wydawało mi się absurdem.

Od tego Torunia miał znowu klucze do mojego mieszkania. Te nowe. I znowu przyjeżdżał w piątki na parking pod mój biurowiec i zabierał mnie na Hel, do Ustki albo w Bieszczady. Jego żona tymczasem urodziła drugą córkę, Natalię.

Co jest w nim takiego szczególnego?

Szczególnego w nim? Jak to co?! Wszystko jest w nim szczególne! Już pierwsze godziny jego obecności w moim życiu były szczególne. Pierwszy raz zobaczyłam go, zapłakana, w kostnicy we Włoszech.

To było na ostatnim roku studiów. Pisałam pracę magisterską z twórczości włoskiego noblisty z lat siedemdziesiątych, poety Eugenia Montale. Tak sobie wybrałam. Ja, studentka romanistyki urzeczona poezją Montalego, postanowiłam napisać po francusku pracę z włoskiej poezji. To Monika namówiła mnie na wyjazd do Ligurii we Włoszech. Przełożyłam termin obrony na wrzesień i pojechałyśmy do tej Genui z zamiarem zwiedzenia całej Ligurii. Monika, widząc, że targają mną wyrzuty sumienia z powodu przesunięcia terminu obrony, uspokajała: „Żadna praca o Montalem nigdy nie będzie prawdziwa, jeśli człowiek nie upije się chociaż raz winem w miejscu urodzin Montalego, Genui. Potraktuj to jako wyjazd studyjny – mówiła, uśmiechając się do mnie – i pamiętaj, że to ja stawiam to wino".

Miałyśmy najpierw zarobić, pracując jako kelnerki, a potem spędzić dwa tygodnie „studyjnie", przejeżdżając Ligurię od Cinque Terre na wschodzie do Monako na zachodzie, i jak to sformułowała Monika, „nie oddalać się od plaż na więcej niż pięć kilometrów i dłużej niż pięć godzin".

Nic nie było tak, jak zaplanowałyśmy. Gdy wędrowałyśmy w Genui od restauracji do restauracji, miałyśmy wrażenie, że pracują tam wyłącznie polskie studentki i rosyjscy ochroniarze. Nie stać nas było na hotel w Genui, więc wycofałyśmy się z wybrzeża w głąb lądu. Tam wszystko było pięć razy tańsze. Po tygodniu, bez pieniędzy i bez nadziei, trafiłyśmy do Avegno, małej miejscowości blisko głównej autostrady biegnącej wzdłuż Zatoki Genueńskiej. Było już po południu, gdy wylądowałyśmy na małym rynku z fontanną w centralnym punkcie. W pewnym momencie przez rynek przeszła procesja. Kobiety w czarnych sukniach, czarnych kapeluszach, z twarzami za czarnymi woalkami. Niektóre z powodu upału schowały się pod czarnymi parasolami. Wiedziałyśmy, że ten korowód to coś szczególnego. Podążyłyśmy za nim. Niedaleko od rynku był cmentarz z aleją drzew pomarańczowych i z małą kostnicą w białym budynku z drewnianym krzyżem na dachu. W kostnicy w małej białej trumnie wyścielonej białym aksamitem leżało niemowlę w białej jedwabnej sukience. W pewnym momencie jedna z kobiet zaczęła głośno się modlić. Uklękłam obok i modliłam się z nią. Po włosku.

Bo ja umiem modlić się i kląć w dwunastu językach. Nawet po flamandzku. I to nie ma nic wspólnego z moją romanistyką. To jest po prostu praktyczne.

Trumienka została przesunięta na niewidzialnym taśmociągu do ściany, otworzyła się metalowa przegroda i trumienka została praktycznie wessana za metalową ścianę oddzielającą kostnicę od krematorium. Wszyscy obecni jęknęli przerażająco. Po chwili zapadło milczenie i słychać było wyraźnie syk płomieni za metalową ścianą. Aby to zagłuszyć, zaczęłam modlić się głośno. Po włosku. Monika wtórowała mi jeszcze głośniej po polsku.

Ojcze nasz...

Nagle wszyscy w kostnicy dołączyli do nas po włosku.

Po kilku minutach za metalową ścianą zapadła cisza i wtedy zapłakana kobieta z drugiego rzędu ławek odsłoniła twarz, podeszła do mnie i pocałowała w rękę. Potem wszyscy wyszli.

Monika klęczała nadal. Ja siedziałam ze złożonymi dłońmi i wpatrywałam się przerażona w krzyż na metalowej ścianie. To odbyło się tak szybko. Za szybko. Spalono niemowlę, odmówiono dwie modlitwy i wszyscy rozeszli się do domów. Jak po akademii.

Do kostnicy wszedł niski, bardzo gruby mężczyzna. Podszedł do Moniki i zaczął mówić do niej po włosku. Monika wskazała na mnie.

Po piętnastu minutach zostałyśmy pracowniczkami tej kostnicy i sąsiadującego z nią cmentarza. Miałyśmy przygotowywać trumny i rozpoczynać oraz prowadzić modlitwy tuż przed kremacją. Gruby Włoch oferował trzy razy więcej, niż dostałybyśmy w jakiejkolwiek restauracji w Genui.

„Bo ludzie lubią i zapłacą więcej, gdy ktoś zupełnie obcy zaczyna płakać za ich bliskich..." – powiedział.

I tak na dwa tygodnie zostałyśmy płaczkami w przedsiębiorstwie Najlepsze Pogrzeby sp. z o. o. z siedzibą w Avegno. Oczywiście, zbyt mało ludzi umiera w Avegno, aby właściciel mógł mieć godziwe dochody, dlatego płakałyśmy i modliłyśmy się na pogrzebach w okolicznych miejscowościach: Cicagan, Nervi, Rapallo, Carasco, Camogli, a czasami aż w Moneglii. W ciągu dwóch tygodni wyściełałyśmy trumny i płakałyśmy trzydzieści osiem razy na pogrzebach dwudziestu dwóch mężczyzn, czternastu kobiet i dwojga dzieci w okolicy Avegno.

Tego pierwszego dnia, gdy spalono to niemowlę, do kostnicy wszedł on i ukląkł naprzeciwko mnie. I patrzył mi w oczy, gdy płakałam. Potem siedział przy fontannie, gdy wyszłyśmy z tej kostnicy i wróciłyśmy na rynek. Następnego dnia miałyśmy pogrzeb staruszki. Już o dziewiątej rano. Matki burmistrza Avegno. Właściciel kostnicy prosił nas, aby płakać szczególnie intensywnie. On wszedł do kostnicy kwadrans po rozpoczęciu pogrzebu. Chyba nie mógł zrozumieć, dlaczego ja także tam jestem. I na dodatek jak wczoraj klęczę przy trumnie i płaczę. Po pogrzebie znowu czekał przy fontannie i tam odważył się i zapytał o coś po angielsku. Tak go poznałam.

Spędzał urlop w Ligurii. Z żoną, która tego dnia została na plaży w Savonie. On nie znosił całych dni na plaży. Wynajął samochód i „jeździł po okolicy". Tak trafił do Avegno. I tak trafił do kostnicy tuż przed spaleniem tego niemowlęcia.

„A ty tak płakałaś, że ja myślałem, że to twoje dziecko, i tak mi było przykro, i chciałem cię utulić – powiedział kilka dni później, gdy jedliśmy pierwszą wspólną kolację w portowej restauracji w Genui. I tym „utulić" wzruszył mnie pierwszy raz w życiu. I wzrusza mnie do teraz.

Dwa miesiące później w Warszawie pocałował mnie po raz pierwszy. Byliśmy wprawdzie w kontakcie, ale tego dnia spotkaliśmy się zupełnie przypadkowo w EMPiK-u na Nowym Świecie. Kupowałam książkę na prezent urodzinowy dla Moniki. Najnowszą książkę mojej ulubionej Gretkowskiej. On kupił taką samą. Dla siebie. Zapytał nieśmiało, czy mam czas pójść z nim na lampkę wina do kawiarni. Miałam. Wypiliśmy całą butelkę. Nie jadłam nic od rana. I to od rana przed dwoma dniami. Bo rozpoczęłam kolejną dietę. Mimo to nie byłam wcale pijana. Był czarujący. Podnosił kieliszek z winem, widziałam, że ma tę obrączkę, ale to nie miało żadnego znaczenia. Wyszliśmy. Odprowadził mnie do domu. Pożegnał, całując w rękę. Po minucie wrócił. Dopędził mnie na pierwszym piętrze i po prostu objął i pocałował. Ale nie tak z sympatii w policzek. Prawdziwie, rozpychając moje zęby językiem.

Następnego dnia zadzwonił rano do biura. Przepraszał za to, co stało się „wczoraj na schodach". Wieczorem ktoś przyniósł mi kwiaty od niego do domu. I wszystkie książki Gretkowskiej w kartonie owiniętym błyszczącym papierem. Czasami wieczorami przyjeżdżał pod mój blok i przez domofon pytał, czy pójdę z nim na spacer. Schodziłam na dół i spacerowaliśmy. Zauważyłam po pewnym czasie, że nie spotykam się już z nikim wieczorami i tak ustawiam swoje plany, aby być w domu, gdyby na przykład wpadło mu do głowy podjechać, nacisnąć przycisk domofonu i zaprosić mnie na spacer. Tęskniłam za nim, gdy nie przyjeżdżał. Już wtedy, choć nawet nie można było nazwać tego, co odbywało się między nami, zaczęłam dostosowywać moje życie do jego planów. Już wtedy czekałam na telefon, sygnał domofonu lub dzwonek u drzwi. Już wtedy nie znosiłam weekendów, cieszyłam się na poniedziałki i nieustannie sprawdzałam swój telefon komórkowy. Kochanką zaczęłam więc być bardzo wcześnie. On nawet o tym jeszcze nie wiedział.

Po miesiącu zaczęłam oczekiwać, że po powrocie z któregoś spaceru wejdzie wreszcie ze mną na górę. Ale on tylko czasami wbiegał na schody, tak jak za pierwszym razem, i mnie całował.

Dwa miesiące później w dniu moich imienin przyszedł wieczorem z fotografiami z Ligurii. Nie uprzedził mnie telefonicznie. Po prostu zadzwonił do drzwi, otworzyłam z ręcznikiem na głowie, a on tam stał z różami. Oglądaliśmy fotografie, wspominaliśmy. Nie podchodziłam do telefonu, aby odbierać życzenia. Szkoda mi było czasu. Gdy poszliśmy do kuchni zrobić herbatę, stanął za mną, podniósł mój sweter, zsunął ramiączka stanika i zaczął całować te wgłębienia w skórze pleców. Odwróciłam się do niego, podniosłam ręce do góry, a on zdjął ten mój sweter przez głowę. Wtedy zamknęłam oczy i podałam mu swoje usta.

Oczywiście, że on jest szczególny! Naprawdę. Trudno minąć go na ulicy i spojrzawszy mu w oczy, nie odczuć przy tym, że to ktoś wyjątkowy, z kim chciałoby się spędzić czas. I tego właśnie najbardziej zazdroszczę jego żonie. Tego, że ona ma tak dużo jego czasu dla siebie.

W tym czasie można przecież go słuchać. A ja ze wszystkiego, co mnie spotyka z jego strony, najbardziej lubię go słuchać. Z naszych nocy – myślę, że nie byłby zadowolony, wiedząc to – dokładniej pamiętam jego opowieści, niż to, co robiliśmy przed nimi.

Dzwonił do mnie rano, w dzień, czasami nawet w nocy i mówił podnieconym, niecierpliwym głosem: „Słuchaj, muszę ci coś jak najprędzej opowiedzieć".

I ja wiedziałam, że tym jednym zdaniem stawia mnie przed wszystkimi. Także przed żoną. Bo to ja, a nie kto inny, miałam wysłuchać opowieści o jego sukcesie, porażce, wzruszeniu, planie lub pomyśle. Jako pierwsza. Absolutnie pierwsza. I to był dla mnie prawdziwy dowód miłości. Przez sześć lat nie powiedział mi ani razu, że mnie kocha, ale za to ja słuchałam wszystkiego pierwsza. Dla mnie już do końca życia żadne „kocham cię" nie zastąpi tego „słuchaj, muszę ci coś natychmiast opowiedzieć". Zrozumiałam, jak ważne to jest dla niego, gdy przez przypadek, kiedyś przy winie w pubie, byłam świadkiem, jak dyskutował zażarcie z jednym ze swoich kolegów o tym, w którym momencie rozpoczyna się zdrada. Ze zdumieniem słuchałam, gdy mówił, że zdrada jest dopiero wówczas, gdy zamiast żonie coś ważnego „jako pierwszej osobie pragnie się natychmiast opowiedzieć innej kobiecie" i „żeby zdradzić, nie trzeba wcale wychodzić z domu, bo wystarczy mieć telefon lub dostęp do Internetu".

Od sześciu lat opowiadał mi wszystko najważniejsze jako pierwszej. Czasami czekał z tym do rana. Czasami, gdy był za granicą, czekał nawet kilka dni, ale najczęściej przyjeżdżał natychmiast. Bo ja o wszystkim najważniejszym dla niego miałam wiedzieć jako pierwsza. Od sześciu lat nie zdradzał mnie. Nawet ze swoją żoną.

To, co opowiadał, było zawsze takie... takie istotne. Istotne. Albo przytrafiały mu się rzeczy, które normalnie się nie zdarzają, albo to on był na tyle wrażliwy, aby te rzeczy zarejestrować i dać się im przerazić, wzruszyć, odurzyć lub oburzyć. Niektórzy chcieliby świat przytulić, inni pobić. On należał do tych pierwszych. I to o tym swoim przytulaniu świata najczęściej mi opowiadał.

Tak jak wtedy, gdy tuż przed Wielkanocą wrócił z Frankfurtu nad Menem i opowiadał mi, jak to pierwszego dnia pobytu rano w drodze z hotelu do centrum targowego przysiadł się do niego w metrze mężczyzna z białą laską. I tak jechali chwilę w milczeniu, a potem ten mężczyzna zaczął opowiadać, jak pięknie jest na Wyspach Kanaryjskich. Jak wygląda zatoka na Lanzarote po wiosennym deszczu i jaki kolor mają kwitnące kaktusy, rosnące w leju po wulkanie na Palmie, i jak aksamitne są ich kwiaty, i o tym, że najbardziej niebieski horyzont jest w maju. Potem była jakaś stacja i ten mężczyzna wstał, spojrzał na niego z uśmiechem i wysiadł. I jak chodząc po targach, przez cały dzień nie mógł zapomnieć spojrzenia mężczyzny z białą laską.

Albo wtedy, gdy jedenastego września przyjechał do mnie do domu i siedząc oniemiali na podłodze, wpatrywaliśmy się w ekran telewizora, nie rozumiejąc świata. Bał się. Usiadł za moimi plecami, objął mnie mocno i położył głowę na moim karku. Drżał. I mówił takim dziwnym, zdławionym głosem. Wiesz, że ja go kocham także za to, że on potrafi tak się bać i nie wstydzi się tego przy mnie okazać? On, który z bezkompromisową bezwzględnością, ale pedantycznie uczciwą i sprawiedliwą, kieruje setką ludzi i którego boją się w jego firmie prawie wszyscy. On, który nigdy nie godzi się siedzieć na miejscu pasażera, gdy tylko coś mu nie odpowiada. Prosi natychmiast o zatrzymanie i sam siada za kierownicą.

Żaden mężczyzna, którego znałam, nie bał się tak pięknie jak on. Nigdy nie zapomnę, jak tego jedenastego września w pewnym momencie wstał i pierwszy raz z mojego domu zadzwonił do żony. I chociaż płakać mi się chciało, gdy powiedział do słuchawki „Joasiu...", czułam, że to jest piękne i że gdyby tego nie zrobił, nie szanowałabym go tak bardzo, jak szanuję.

Tego dnia, patrząc na te surrealistyczne obrazy z Nowego Jorku, po raz pierwszy tak naprawdę rozmawialiśmy o Bogu i religii. Nieochrzczony katolik, chodzący do kościoła po południu lub wieczorami, tylko wtedy, gdy na pewno nie ma tam księży, po tym, jak żaden z nich nie chciał pochować jego ojca, od którego odeszła pierwsza żona i on, nie mając wyboru, zgodził się, aby się z nim rozwiodła. Siedział za mną i szeptał mi do ucha, jak bardzo marzy o tym, żeby wysłać w jednym przedziale pociągu do Asyżu lub Mekki najważniejszych czarowników i papieży wszystkich religii. I żeby w tym przedziale była kapłanka voodoo, która wierzy, że zmarli pośród nas żyjących odbywają doczesną wędrówkę i że za pomocą szmacianej lalki i igły do szycia można spowodować ciążę lub nieurodzaj w całym kraju. Żeby obok niej siedział buddysta, który wierzy, że

Bóg jest mrówką lub kamieniem. A pod oknem taoista, który milionom Chińczyków opowiada, że Yin i Yang to Prawda i Fałsz, to Kobieta i Mężczyzna, to Dobro i Zło jednoczące się w Dao lub Tao i na końcu wszystko to i tak jedno Wu Wei, czyli, tłumacząc dosłownie, „bez znaczenia". A przy drzwiach żeby siedział polski rabin z Nowego Jorku, a naprzeciwko niego brodaty szejk, najważniejszy szejk z najważniejszego muzułmańskiego meczetu Al-Azhar. I żeby wysiedli wszyscy razem z tego pociągu w Mekce lub Asyżu, i żeby stanęli razem i powiedzieli każdy w swoim języku, że żadna religia nie usprawiedliwia zabicia ciężarnej pakistańskiej sekretarki ze 104 piętra w tym WTC. I żeby powiedzieli, że nie można nikogo zabić w imię Boga, w imię szmacianej lalki lub w imię mrówki. I on tak szeptał mi to do ucha, a ja ze łzami w oczach zakochiwałam się w nim coraz bardziej.

W takich momentach chciałam być dla niego wszystkim. Różańcem i ladacznicą. I nigdy go nie zawieść lub rozczarować. Ale nie tak jak dla matki. Bo dla matki chciałam być idealna dla jej, nie mojego dobrego samopoczucia. Nigdy nie zapomnę, gdy na Gwiazdkę kupiła mi łyżwy i poszłyśmy na lodowisko. Miałam dwanaście lat. Nie potrafiłam jeździć. Nie lubiłam poza tym. Ale moja matka potraktowała tę jazdę na łyżwach jak test „dobrego wychowania". Czułam podświadomie, że ja nie tylko jeżdżę na łyżwach. Gdy się przewracam na lód, to przewracam także na lód ego mojej matki. Dumnej wdowy po oficerze, która „sama wychowa swoją córkę na prawdziwego człowieka". I ja się przewracałam ze wstydem i nie mówiłam jej, że boli mnie ręka. Dopiero wieczorem, gdy ręka przypominała już zbyt dużą protezę i miałam gorączkę z bólu, powiedziałam jej o tym. Ręka była złamana w dwóch miejscach. Kiedyś opowiedziałam mu o tym – nie zapomnę tych jego rąk złożonych jak do modlitwy, przerażenia w oczach i milczenia, które zapadło.

Co jest w nim takiego szczególnego? Szczególne jest w nim także to, że on mnie nieustannie pożąda. Mimo swojego wieku jest jak młody chłopak, który myśląc cały czas o „tym jednym", ma erekcję także wtedy, gdy słucha hymnu narodowego. Wysłucha hymnu, zdejmie swoją patriotyczną rękę ze swojej lewej piersi i chce natychmiast położyć swoją lubieżną rękę na mojej prawej. To jest nieprawdopodobnie budujące uczucie dla kobiety przekraczającej trzydziestkę – być pożądaną niemal zwierzęco i niemal bez przerwy. Ma się przy tym niezapomniane chwile na bezdechu i ten pulsujący cudownie ból w podbrzuszu.

W takich chwilach zostawiał wszystkich i wszystko, nachylał się do mojego ucha i szeptał, że mnie pragnie. W autobusie, gdy „jakoś tak wyszło", że jechaliśmy do mojego mieszkania w czasie przerwy na lunch, aby wrócić po godzinie do swoich biur i natychmiast dzwonić do siebie i umawiać się u mnie na popołudnie. W teatrze, gdy zatrzymywał mnie w antrakcie tak długo, aż wszyscy wrócili na swoje miejsca, i zaciągał mnie do damskiej toalety i kochaliśmy się w jednej z kabin. W taksówce, gdy kazał kierowcy zatrzymać się przy parku, mrugał do niego, dawał plik banknotów i prosił, aby wysiadł „na jakiś czas" i „zamknął nas od zewnątrz". Nigdy się nie zdarzyło, żeby kierowca odmówił.

Tak! Przy nim dowiadywałam się natychmiast, że mnie pragnie.

Pewnie myślisz, że on był taki, bo nie miał czasu się „wychłodzić", będąc ze mną od rana do rana i od poniedziałku do poniedziałku. Jak także tak myślałam, szczególnie gdy słuchałam koleżanek opowiadających, jak to ich nowo poślubieni mężowie lub nowo sprowadzeni narzeczeni tak mniej więcej po czterech miesiącach zaczynali mieć problemy z „obniżonym współczynnikiem pożądania własnej kobiety", jak to sarkastycznie określała pani Kazia z księgowości. Mądra, spokojna, bezdzietna, po dwóch rozwodach i trzech ślubach. On nie miał problemu z tym współczynnikiem. Wiem to z pewnością. Były takie cztery miesiące w ciągu tych sześciu lat, że był u mnie codziennie. I codziennie zaczynaliśmy lub kończyliśmy w łóżku. Gdy teraz o tym myślę, to wydaje mi się, że tak naprawdę najczęściej nie wychodziliśmy z łóżka w ogóle.

Często myślałam o tym, czy był – wtedy wydawało mi się, że nie może być „jest" w czasie teraźniejszym – taki okres w jego życiu, że pożądał tak samo żony. Tylko raz, jeden jedyny raz zapytałam go o to. Kiedyś na plaży na Helu o wschodzie słońca.

Przyjechał w piątek po południu pod moje biuro. Zadzwonił z recepcji na dole. Zeszłam na parking, wsiadłam do jego samochodu i pojechaliśmy z tego parkingu w centrum Warszawy na plażę na Helu.

„Wiedziałem, że nie masz żadnych planów na weekend – mówił, mrużąc oczy. – Pojedź ze mną, proszę...".

I to mnie tak cholernie zabolało. Że on wie, że ja nie mam żadnych planów na weekend. I że on wie z pewnością także to, że moje plany to on. I że czekam na niego. I że mój telefon czeka, i mój zamek w drzwiach, i moje łóżko. I że ja czekam na niego, wracając w sobotę rano w pośpiechu z piekarni na rogu i bojąc się, że on mógł zadzwonić, a mnie akurat w tym czasie nie było. I że kupuję tak na wszelki wypadek dwa razy więcej bułek i dwa razy więcej jajek, gdyby na przykład nie zadzwonił, tylko po prostu przyszedł na śniadanie. I pomidory też kupuję. Bo przecież lubi jajecznicę z pomidorami.

On planował swój czas i mój, nie pytając mnie o nic; przyjeżdżał po prostu na parking pod moje biuro w piątek po pracy. Wsiadałam. Całował moje dłonie i nadgarstki. Kłamałam, że „mam swoje plany na weekend". Najpierw udawał, że jest rozczarowany, i podwoził mnie w milczeniu pod mój blok. Wysiadałam. On czekał. Potem ja udawałam, że zmieniłam plany, cofałam się do samochodu i wsiadałam.

– Zmieniłam plany. Dla ciebie. Ostatni raz. Naprawdę ostatni – mówiłam, udając rozdrażnienie.

On za każdym razem uśmiechał się jak zadowolone z prezentu dziecko i jechaliśmy spod mojego bloku na Hel, do Kazimierza lub w Bieszczady. Kiedyś nawet pojechaliśmy spod mojego bloku prosto do Pragi. I za każdym razem zmieniałam plany „naprawdę ostatni raz", i za każdym razem miałam wrażenie, że to jest jak spełnienie marzeń. Ta zmiana planów, których w ogóle nie miałam.

Trzymałam go za rękę, a on opowiadał mi, co zdarzyło się w jego życiu ostatnio. W każdej takiej podróży byliśmy trochę jak nastolatki, których rodzice wypuścili na wakacje pod namiot. Śmialiśmy się do bólu brzuchów albo kilometrami milczeliśmy, rozczuleni, dotykając swoich dłoni. Czy wiesz, że można mieć orgazm od muskania zewnętrznej strony dłoni? I że to może zdarzyć się na szosie za Łodzią lub przy wjeździe na obwodnicę Trójmiasta?

Czasami słuchaliśmy mojej ulubionej muzyki, czasami zatrzymywał się nieoczekiwanie na leśnym parkingu, aby mnie całować. Czasami prosił, abym czytała mu w drodze książki, które chciał przeczytać i nigdy nie miał na to czasu. Czy wiesz, że wspólne czytanie książek na głos znacznie mocniej wiąże ludzi niż wspólne spłacanie kredytu?

Czasami opowiadał coś, co wydawało się fantazją, a okazywało prawdziwym wykładem z fizyki lub kosmologii. Bo on, jak sam to mówił, „nie z własnej winy został informatykiem", ale tak naprawdę, to gdy go pytają, zawsze odpowiada, że jest fizykiem. I gdy ta fizyka nim zawładnęła, to zatrzymywał samochód na poboczu, wyciągał kartki lub wizytówki i rysował mi na nich teorię wszechświata. Tak jak wtedy, gdy przypomniały mu się te wszechświaty niemowlęce. Już sama nazwa podziałała na mnie tak, że natychmiast chciałam wszystko wiedzieć. Wszechświaty niemowlęce! Całe wszechświaty jak bańki mydlane, tyle że nie z mydła, tylko z czasoprzestrzeni powstałej po Wielkim Wybuchu lub zapadnięciu się do jednego punktu czarnych dziur. Niemowlęta zrodzone z piany wszechświatów lub z parujących czarnych dziur, wypełniających wszechświaty rodzicielskie. Niezależne od nich w sensie rządzących nimi praw fizycznych, ale będące ich kontynuacją. Zatrzymywał przy drodze samochód i tłumaczył mi z przejęciem te wszechświaty.

A gdy mijała ta podróż i zbliżaliśmy się do Helu, Kazimierza lub Bieszczad, byłam pewna, że następnym razem także „zmienię plany dla niego" i to także będzie „naprawdę ostatni raz". Tak kobieta niepostrzeżenie staje się kochanką.

Podróż mijała i to dopiero był początek. Dopiero teraz mieliśmy rozbić przecież ten namiot i wślizgnąć się do śpiwora.

Tak jak wtedy na Helu. To było pod koniec sierpnia. Mieszkaliśmy w pachnącym sosną i żywicą małym drewnianym domku tuż przy plaży. Nie spaliśmy całą noc. W pewnym momencie on wstał i przyniósł z łazienki biały frotowy ręcznik i owinął mnie nim. Wyszliśmy na mały taras zbity z desek pokrytych resztkami schodzącej płatami farby, oddzielony od plaży niską barierką ze spróchniałego drewna. Wschodziło słońce. Tylko na Helu i w Key West na Florydzie słońce wschodzi tak, że zaczyna się wierzyć w Boga, jeśli dotąd się nie wierzyło.

Usiedliśmy na tarasie, wpatrując się urzeczeni w horyzont. Wsunął rękę pod ręcznik i dotykał mojego podbrzusza. Podał mi otwartą butelkę z szampanem. Nie wiem do dzisiaj, czy to alkohol, czy to ten Bóg wypychający tego ranka tak pięknie słońce nad horyzont, spowodował, ale poczułam nagle niesamowitą bliskość z nim. Czułaś kiedyś coś takiego w stosunku do mężczyzny? Miałaś uczucie jego całkowitej przynależności do ciebie? Wydało ci się nagle, że jest jakaś mistyczna i uroczysta, ewangeliczna więź między wami? Taka tantra o wschodzie słońca. Ja to wszystko po kolei odczuwałam tam na tym obskurnym drewnianym tarasie na Helu. I chyba dlatego odważyłam się wtedy i powiedziałam:

– Tak bardzo chciałabym być twoją jedyną kobietą. Jedyną! Rozumiesz?! I wiedzieć, że będę cię miała jutro, w przyszły poniedziałek i także w Wigilię. Rozumiesz?!

Płakałam.

– Chciałabym być twoją jedyną kobietą. Tylko to.

Schylił głowę. Skulił się, jak gdyby to, co powiedziałam, było jak cios i teraz oczekiwał następnych. Wyciągnął palec z szyjki butelki z szampanem i zastygł w tej pozycji. Milczał. Po chwili wstał i poszedł w kierunku morza. Ja siedziałam, nie mogąc się ruszyć. Wracając, dotknął mojej głowy i powiedział cicho: „Wybacz mi".

Potem poszedł do kuchni i zaczął przygotowywać dla nas śniadanie. Nie kochaliśmy się już tego dnia. Następnej nocy także nie. A potem wracaliśmy w milczeniu samochodem do Warszawy.

To wtedy, w drodze powrotnej z Helu, zrozumiałam, że on nie będzie nigdy tylko moim mężczyzną. Jego można mieć całego dla siebie tylko okresowo. I powinnam to zaakceptować. Jeżeli nie można mieć całego ciasta, to i tak można mieć radość przy wydłubywaniu i jedzeniu rodzynków. Poza tym warto żyć chwilą, choć często chce się własne serce odłożyć do lodówki. I gdy w drodze powrotnej z Helu dotarliśmy do granic Warszawy, byłam już taka jakaś pogodzona, że znowu dotknęłam jego dłoni. Tam gdzie ma najbardziej wystające żyły. I gdy podjechaliśmy pod mój blok, on przyszedł do mnie na czwarte piętro. Pomógł wnieść walizkę. I został na noc. I taka pogodzona jestem także dzisiaj.

Jutro są moje urodziny. I jego rocznica ślubu. Od dziewięciu tygodni nie mam okresu. Będę miała jego dziecko. Już wcale nie boję się tej obrączki. Powiem mu jutro, że nie można kupować dwóch bukietów róż i myśleć, że wręcza się je kobietom z dwóch różnych, rozdzielonych wszechświatów.

On to z pewnością zrozumie i odejdzie od nas. Ale i tak pozostanie mi po nim cały wszechświat. Niemowlęcy.

Noc poślubna

A Helga mnie okropnie rozczarowała – pomyślała z wściekłością, pchając plecami z całej siły ciężkie stalowe drzwi za sobą i zmiatając przy tym z betonowej podłogi kawałki gruzu i odłamki szkła z rozbitej żarówki.

Chciała być przez te ostatnie dwie godziny zupełnie sama. Odwróciła się twarzą do drzwi, aby przekręcić klucz w zamku, i wtedy dostrzegła nad swoją głową kalendarz, który Hedda zawiesiła na jednej z pordzewiałych śrub, wzmacniających konstrukcję drzwi.

Moja mała Hedda – pomyślała rozczulona, przypominając sobie tę scenę sprzed kilku dni. To było bardzo wcześnie rano. Wszyscy leżeli jeszcze w łóżkach. Dawno przyzwyczaili się do wybuchów na zewnątrz, ale ten wydawał się tak bliski, że mała Heide, która spała przytulona do niej, obudziła się przestraszona i zaczęła płakać. Wtedy Hedda wstała z łóżka, w samej nocnej koszuli i boso przebiegła po betonowej podłodze, podsunęła do drzwi krzesło stojące zwykle przy toaletce, stanęła na nim i zawiesiła kalendarz na tej ohydnej śrubie. I gdy schodziła z krzesła, zahaczyła koszulą nocną o oparcie i rozdarła ją niefortunnie. Pamięta, że roześmiała się tak głośno, że nawet Helmuth, którego, jak sądziły dotychczas, nie obudziłby granat wrzucony pod łóżko, otworzył oczy. A Hedda, chociaż nie miała jeszcze nawet siedmiu lat, z godnością, spokojnie opuściła resztki koszuli i wróciła z podniesioną głową do łóżka.

Moja mała, kochana Hedda...

Dzisiaj także połknęła spokojnie zawartość ampułki, którą podał jej ten zasmarkany, trzęsący się ze strachu pożal się Boże doktorek, ten Stumpfegger, czy jak mu tam. Połknęła i z godnością osunęła się na kanapę, a ten Stumpfegger jęknął przy tym tak, że Helga zaczęła patrzeć na mnie z przerażeniem.

Moja mała Hedda...

To ona powiesiła ten kalendarz. I potem zaczynali w siódemkę, ona i dzieci – Joseph mieszkał w głównym bunkrze blisko Führera – każdy dzień od zrywania kartki z kalendarza, co robiła Hedda. Tak teatralnie skupiona, uważająca, aby nie zaczepić koszulą nocną za krzesło – one zawsze uśmiechały się w tym momencie. Tylko Helmuth spał jak zwykle. I dzisiaj rano nie było inaczej. Hedda wspięła się na krzesło i zerwała kartkę. Ostatnią. 1 maja 1945 roku. Czwartek.

Moja mała Hedda...

Przekręciła klucz w zamku stalowych drzwi, oddzielających jej komorę od korytarza prowadzącego do głównego wejścia i dalej stromymi schodami dwie kondygnacje w dół do głównego bunkra. Nie znosiła tego miejsca. Jak Joseph mógł się zgodzić, aby ona z dziećmi mieszkała tak wysoko, pod samym dachem lewego skrzydła bunkra?! Nad nimi była już tylko warstwa ziemi w ogrodzie przy Kancelarii Rzeszy. Te wybuchy i eksplozje na zewnątrz stały się nie do wytrzymania. On miał wygodną komorę szesnaście metrów niżej, tuż obok sypialni Führera w bunkrze głównym, i wcale nie słyszał tego piekła!

Odwróciła się i przeszła na kanapę obok umywalki. Miała dokładnie 2 godziny i 17 minut czasu. Była 17:03. Joseph przyjdzie tutaj punktualnie o 19:20. Będzie jak zwykle elegancko ubrany. Kapelusz, skórzane białe rękawiczki. Ciekawe, czy włoży te, które podarowała mu w dniu jego czterdziestych czwartych urodzin?

Rok temu Hanna na jej prośbę w październiku poleciała z nimi w nocy do Wenecji. Wystartowali z Tegel. Joseph zupełnie się tego nie spodziewał; w limuzynie powiedziała mu, że „wyciąga go tam, gdzie było nam tak dobrze". To było takie podniecające. Nie wie do dzisiaj, jak Hannie udało się wydostać tym samolotem z Berlina. Joseph mówił, że ona miała zawsze dostęp do specjalnych map. Zamieszkali w tym samym hotelu co wtedy, w 1936 roku, gdy pojechali na prywatne zaproszenie Mussoliniego. Ale nie było tak jak wtedy. Zupełnie nie. Wtedy kochali się całą noc i Joseph spóźnił się na konferencję prasową następnego ranka. Teraz Joseph nawet jej nie dotknął i całą noc czytał jakieś raporty i opowiadał jej o „złych doradcach Führera", o „ogromnym poczuciu winy z powodu niedokończonego problemu ostatecznego rozwiązania sprawy Żydów". I płakał z bezsilności, a czasami wcale do niej nie mówił, tylko przemawiał jak na wiecu do tych prymitywnych analfabetów gdzieś na zapadłej wsi koło Hamburga. Następnego dnia kupiła mu te rękawiczki w sklepie obok hotelu i po południu po prostu wrócili z Hanną do Berlina. Nie chciała spędzać kolejnej nocy w Wenecji z ministrem propagandy.

Joseph przyjdzie o 19:20. Porozmawiają o tym, że „dzieci odeszły godnie". Nie powie mu oczywiście, jak zachowała się Helga. Jego pierworodna, ukochana córeczka tatusia, Helga Goebbels, którą do chrztu trzymał sam Führer. Nie! Nie powie mu tego. Wpadłby w wściekłość i zanim udałoby się jej go uspokoić, spóźniliby się z pewnością na pożegnanie. A Joseph i Magda Goebbels nie spóźniali się nigdy. Nigdy. I ten ostatni raz także się nie spóźnią. I tak ma zostać. I taka prawda o nich ma być zapisana w historii. Dlatego nie powie mu, że musiała dzisiaj po południu siłą wlewać Heldze cyjanowodór do gardła. I że ten zasmarkany kretyn, to zero, ten Stumpfegger, który nawet nie zasługuje na rozstrzelanie, gdy zobaczył, że Helga klęczy na podłodze i zanosi się od płaczu, wybiegł po prostu, krzycząc na cały korytarz i zostawił ją tam zupełnie samą.

No więc Joseph przyjdzie o 19:20, zlustruje ją od stóp do głów i gdy wszystko będzie w porządku, zejdą schodami dwie kondygnacje w dół, do głównego bunkra. Dokładnie o 19:30, tak jak wczoraj było zapowiedziane. Mają być wszyscy. Tak ustalił Joseph. I dlatego też będą wszyscy. I dlatego ona musi wyprasować jeszcze spódnicę i odświeżyć tę granatową marynarkę. To w niej była cztery dni temu, gdy Führer w pewnym momencie przy kolacji zupełnie nieoczekiwanie odpiął złoty krzyż od swojego munduru, podszedł powoli do niej i jako pierwszej damie Rzeszy, przy wszystkich, przypiął go do jej granatowej marynarki. I wtedy poczuła tę olśniewającą dumę. To mistyczne poruszenie i bezgraniczne oddanie Führerowi, Partii i Sprawie. I to wtedy tak naprawdę poczuła, jak wielkie jest to „wyróżnienie, którym obdarzył ją, Josepha i ich wszystkie dzieci: Helgę, Hildę, Helmutha, Holde, Hedde i Heide łaskawy los, że mogą być tutaj razem z Nim, z Führerem, a potem razem z Nim odejść z tego świata". I wtedy także wiedziała, że „Bóg da jej siłę, aby to ostatnie, najtrudniejsze zadanie wypełnić godnie, nieodwołalnie i do końca". I dzisiaj po południu wypełniła to zadanie, a teraz odświeży tę granatową marynarkę, przypnie złoty krzyż i będzie czekać na Josepha. A potem, krótko po 19:30, gdy już pożegnają wszystkich, powoli przejdą schodami na górę i będzie koniec. Joseph się zastrzeli, a ona połknie swoją ampułkę. Adiutant Josepha ma przykazane spalić ich ciała, ale przedtem strzałem z pistoletu w głowę ma „upewnić się, że z pewnością nie żyją".

Miała jeszcze trochę czasu. Zdjęła buty i położyła się na kanapie przykrytej poplamionym przez dzieci pledem. W zasadzie, zamiast leżeć, powinna usiąść teraz przy stoliku obok umywalki i pisać swój dziennik. Nie miała jednak siły pisać. Chociaż powinna. Poza tym jutro Joseph przy śniadaniu nie zada jej pytania, które zadaje od lat: „Spisałaś wczorajszy dzień?".

Nie. Jutro nie zada tego pytania. Jutro nie będą po prostu jedli razem śniadania.

Dlatego dzisiaj nie ma absolutnie żadnego znaczenia, że Joseph przykazał jej „spisywać swoje życie", a ona tego nie zrobi. Wieczorem zawsze powtarzał dzieciom: „Wasz ojciec nie pójdzie spać, póki nie spisze historii, którą tworzył w trakcie upływającego dnia". Bo Joseph wierzył, że nieustannie tworzy historię. Ciekawa była czasami, jakie to on historie – bo przecież nie Historię – tworzył każdego dnia w tym swoim Ministerstwie Propagandy. Bardzo była ciekawa.

Ciekawe też, czy spisał tę pikantną historyjkę z tą małą zarozumiałą „artystką" z Pragi, tą pożal się Boże aktorką, Lidą Baarovą. Ona chodziła z Hode, ich czwartym dzieckiem, w ciąży, a on zapraszał tę Baarovą do Ministerstwa Propagandy i gził się z nią na marmurze lub dębowym biurku w tym swoim biurze przypominającym pałac Nerona. Gdy jego sekretarz, Karl Hanke, który potajemnie się w niej kochał, doniósł jej o tym, Joseph próbował ją wzruszyć kiczowatą opowieścią, jak to „śmiertelnie i nieopatrznie zakochał się w tym aniele" i gadkami, że on ją szanuje i mogą jakoś to „we troje zorganizować". Ciekawe, że miłość do „anioła" minęła natychmiast i bez śladu, gdy tylko dotarło to do Führera. Gdy Hitler otrzymał potwierdzoną przez SS wiadomość, że jego minister propagandy chce rozwieść się z ciężarną matką trójki wzorcowych aryjskich dzieci, to po prostu dostał ataku szału. Takiego prawdziwie nazistowskiego. Z pianą na ustach, bieganiem po kancelarii i groźbami, że „ten kulawy Goebbels skończy jako garstka prochu w Buchenwaldzie, który już przecież budujemy". Hitler wściekł się tym bardziej, że akurat planował aneksję Czech, nikomu w Europie niepotrzebnego kraju Baarovej, a prasa i tak już pastwiła się nad nim za to, że toleruje swojego ministra wojny, marszałka polowego Blomberga, który zakochał się i pojął za żonę jedną z bardziej znanych w Berlinie prostytutek. Bo w 1936 roku ciągle jeszcze była w Niemczech wolność prasy i można było pisać o marszałkach polowych. A tym bardziej o prostytutkach.

To było tak dawno temu...

Nie mogła przestać myśleć o Heldze. Rozczarowała ją! I to akurat Helga, z której zawsze była taka dumna. I Joseph także. Ale ona była najstarsza i być może zauważyła, że dzisiaj, a tak naprawdę to od ślubu „wujka Adolfa" z „tą panią Braun", było wszystko inaczej.

„Ta pani Braun"...

Tak nazywali ją wszyscy, którym chociaż raz dane było otrzeć się o kancelarię Rzeszy lub Obersalzberg, gdzie mieszkał Hitler. „Ta pani Braun" z akcentem na „ta". Bo oficjalnie Führer – to głównie Joseph na wiecach osobiście wykrzykiwał tę absurdalną bzdurę – „nie ma prywatnego życia i dzień i noc służy niemieckiemu narodowi". Naród oczywiście nie wierzył. I miał rację. Bo przynajmniej raz, a czasami dwa razy w miesiącu Führer służył na początku w dzień, a z upływem czasu także w nocy córce krawcowej z Monachium, „tej" Evie Braun, zmarłej Hitler. Tak było na początku, jeszcze w Monachium, w mieszkaniu Hitlera na Prinzregentenplatz, w trzydziestym drugim, gdy dwudziestoletnia Braun bywała na „sofie Wilka", i tak było do końca w sypialniach Führera w rezydencji w Obersalzberg, począwszy od trzydziestego szóstego. Wie to dokładnie od najlepszej przyjaciółki siostry Braun, Gretl. Przyjaciółka Gretl Braun bardzo lubiła „bywać w dobrym towarzystwie", więc zapraszała ją regularnie, oczywiście gdy Josepha tam nie było, do ich berlińskiego domu, aby dokładnie wiedzieć, jak „daleko zaszły sprawy" między tą Braun a Wilkiem. Sprawy „zachodziły daleko", ale bardzo rzadko, bo Wilk rzadko miał czas i ochotę bywać na sofie z kimkolwiek.

Poza tym rzadko był wilkiem. Pamięta, jak poruszona słuchała opowieści, „pod przysięgą na Boga, że to prawda", jak to Eva żaliła się siostrze, że „nie jest dla A. kobietą, tylko matką". Hitler bałwochwalczo kochał swoją matkę. To wiedzieli wszyscy. To jej fotografia była zawsze nad jego łóżkiem. Nawet w hotelikach, w których zatrzymywał się na dłużej niż trzy noce. Ale to, co opowiadała ta przyjaciółka Gretl Braun, było jak nie z tego świata. Eva żaliła się mianowicie siostrze, że „Adolf kazał jej spryskiwać piersi perfumami, których używała jego matka, potem przychodził do niej do łóżka i ssał je, imitując płacz niemowlęcia i powtarzając imię «Klara»". Tak na imię miała matka Hitlera!!! Była tak poruszona tą historią, że opowiedziała ją wieczorem w sypialni Josephowi. Dokładnie go obserwowała, aby zarejestrować jego reakcję. Zapytał spokojnie, skąd wie, i nie zaprzeczył ani słowem. Znała go dobrze. Joseph reagował tak jedynie na fakty. Radził tylko, aby nikomu tego nie opowiadać, bo „przyjaciółka Gretl i może nawet sama Gretl mogą wkrótce nic już nigdy nie opowiedzieć, jak zna gestapo". Tylko jeden jedyny raz wrócili potem do tego tematu.

To było w dzień po zamachu na Hitlera w jego twierdzy w Kętrzynie. Przeszmuglowana przez hrabiego Stauffenberga bomba wybuchła w niewłaściwym momencie. Akurat gdy Hitler przesunął się za stołem konferencyjnym w taki sposób, że znalazł się dokładnie za jego betonową nogą. To był kolejny zamach. Kolejny nieudany. Tak jak gdyby przeznaczeniem Führera było przeżyć. Gdy zwróciła na to uwagę Josephowi, ten wcale nie był zdziwiony i opowiedział jej w najgłębszej tajemnicy niesamowitą historię, potwierdzającą, że „Führer ma swojego anioła stróża, który prowadzi go do zwycięstwa". Do końca nie udało jej się osiągnąć tego, aby Joseph, rozmawiając z nią, darował sobie te patetyczne propagandowe bzdury.

Okazało się, że zupełnie pierwszym aniołem stróżem Adolfa Hitlera, kanclerza Trzeciej Rzeszy, która miała być wieczna, był żydowski robotnik z Braunau nad Innem na granicy Austrii z Niemcami, gdzie w Niedzielę Wielkanocną 20 kwietnia 1889 roku przyszedł na świat Adolf, czwarte dziecko Klary Hitler z domu Poelz. Wiosną 1891 roku niespełna dwuletni Adolf oddalił się niezauważony przez matkę z podwórka ich domu w Braunau i przeszedł nad pobliski Inn, gdzie wpadł do wody i tonął. Idący tamtędy na ryby żydowski robotnik nie zastanawiał się ani chwili, wskoczył do lodowatej rzeki i uratował chłopca. Żyd z Braunau tamtego dnia zmienił historię świata.

Nie znosiła organicznie Evy z domu Braun, umarłej Hitler. Organicznie, znaczy tak, jak nie znosi się na przykład kaszanki, po której kiedyś jako dziecko musiała zwymiotować.

To było jeszcze w Brukseli. Najpierw matka dała jej to dziwne „coś" na obiad, a potem wrócił z biura jej przybrany ukochany ojciec i opowiedział, jak i z czego robi się kaszankę. Bo on jej wszystko opowiadał, choć była jeszcze dzieckiem. I tak naprawdę to tylko on miał dla niej zawsze czas i to on przez długie lata przychodził jej do głowy, gdy pomyślała lub wypowiedziała słowo „ojciec".

Ale potem dowiedziała się, kim naprawdę był jej ojczym. Joseph nigdy jej tego nie zapomniał. Pamięta – jej ojczym już dawno nie żył – wrócił kiedyś wściekły z ministerstwa i przy dzieciach zrobił jej straszną awanturę. Zwymyślał ją za „ohydną żydowską biografię, która nie przystoi pierwszej damie Rzeszy". Tak jak gdyby ona miała wpływ na to, z kim chadzała do łóżka trzydzieści lat wcześniej jej matka. A chadzała z Richardem Friedländerem, żydowskim przemysłowcem handlującym skórą.

Dlatego Joseph chciał wymazać Friedländera z historii tej ziemi. Nie mógł dopuścić, aby świat drwił z niego, dowiedziawszy się, że żyjący Żyd Friedländer jest czymś w rodzaju przybranego teścia ministra propagandy dra Goebbelsa. Mimo że nigdy nie rozmawiali o nim, oboje wiedzieli, że tak będzie najlepiej. Friedländer był w pierwszej setce Żydów wysłanych z Berlina do Buchenwaldu w 1938 roku. Joseph zrobił to bardzo dyskretnie. Jeszcze dyskretniej Friedländer powrócił do Berlina z Buchenwaldu w niecały rok później. W urnie. Za zaliczeniem pocztowym 93 RM.

Nie znosiła tej Braun głównie jednak za to, że to do Braun, a nie na przykład do niej, Hitler mówił „Ewuniu" lub „Perełko", że była jedenaście lat młodsza, a do tego wyglądała, jak gdyby to było osiemnaście lat, i że Joseph wpatrywał się jak urzeczony w jej ogromne piersi za każdym razem, gdy byli z wizytą w Obersalzbergu.

Co Hitler widział w tym głupim dziewczęciu, czytającym mimo dwudziestu lat ciągle jeszcze książki o Winnetou, albo zawsze te same bezsensowne romanse kupowane na wagę?! A na dodatek śmierdziała papierosami! Kto śmierdzi papierosami i spryskuje się jednocześnie najdroższymi perfumami z Paryża?! Bo ona przecież nieustannie paliła. Po prostu nie usiedziała dłużej niż kwadrans bez papierosa. Hitler opowiadał na tarasie w Obersalzbergu, jak bardzo szkodliwa jest nikotyna dla „niemieckich kobiet", a ona demonstracyjnie gwizdała przy nim „Smoke gets in your eyes". A on tylko uśmiechał się, rozbawiony. Joseph opowiadał jej, że Braun, gdy mieszkała w Obersalzbergu, przebierała się minimum siedem razy w ciągu dnia. Ale to i tak nie pomagało. Papierosami śmierdziała zawsze.

Poza tym Braun nie miała żadnej klasy! Kompromitowała nieustannie Führera, Ojczyznę i niemieckie kobiety. Nawet nie potrafiła się zabić tak, aby nie trzeba było się za nią wstydzić na drugi dzień. Najpierw „nie trafiła" z rewolweru ojca i kula została w jej szyi. A dwa lata później, gdy Hitler znowu traktował ją tylko jako kobietę do „niektórych zadań", połknęła dwadzieścia tabletek nasennych – chociaż jakiś idiota napisał w raporcie dla Hitlera, chyba żeby zrobić większe wrażenie, że trzydzieści pięć, ale przez przypadek uratowała ją siostra Ilsa. Ona przecież wcale nie chciała się zabić! Kto zabija się w tych czasach vanodormem?! To tak, jak gdyby próbować uspokoić się witaminą C zamiast morfiną. Ale Hitler dał się na to nabrać i był urzeczony tą „miłością do końca i tym poświęceniem". Kupił jej te dwa wstrętne, nieustannie szczekające małe psy – jak można chcieć psy przypominające wypasione szczury ze sterczącym uszami?! – o których marzyła i zaczął pokazywać się z nią – jako prywatną sekretarką oczywiście – na przyjęciach w Monachium i Berlinie. Kiedyś byli u nich, w ich wiejskiej rezydencji nad jeziorem Bogen. Sama słyszała, jak Hitler, rozmawiając z ministrem uzbrojenia Albertem Speerem, powiedział, mimo że Braun stała obok i niewątpliwie musiała to słyszeć: „Inteligentni ludzie powinni wiązać się z prymitywnymi i głupimi kobietami".

A ta Braun stała tam i milczała jak słup soli. Nawet nie stać jej było, aby demonstracyjnie odejść. Grała rolę prywatnej sekretarki do końca. Speer uśmiechnął się tylko i zaciągnął głęboko cygarem.

Albo to! Kiedyś Joseph konferował z Hitlerem w jego gabinecie w Obersalzbergu. Ona siedziała na fotelu przy oknie, czekając, aż skończą, czytała gazetę. Usłyszała pukanie. Po chwili weszła Braun z bukietem świeżo zerwanych w ogrodzie kwiatów. Uśmiechnęła się do Hitlera i chciała wstawić je do wazonu stojącego na granitowej płycie nad kominkiem. Hitler warknął tylko znad biurka: „Nie chcę żadnych trupów w tym pokoju". Braun zrobiła się cała czerwona na twarzy, wzięła kwiaty i bez słowa wyszła.

No tak. Ale ona zniosłaby wszystko, aby tylko zostać „panią Hitler". Miała dwadzieścia lat, gdy zaczęła o tym marzyć i dopiero trzy dni temu, po trzynastu latach została „panią Hitler". Na dwie noce i półtorej dnia. I na dodatek Hitler nie spędził z nią tych dwóch nocy.

A ten cały ślub?! Ta kiczowata farsa tuż przed północą 28 kwietnia? I ta noc poślubna. Kto w noc poślubną pisze testament, zamiast iść do łóżka poślubionej żony?!

Joseph powiedział jej o tym dopiero o 18:38. Nie mogła w to uwierzyć, gdy wszedł do ich bunkra i podnieconym głosem powiedział:

– Dzisiaj przed północą w bunkrze głównym Bormann i ja będziemy świadkami na ślubie Führera z Evą. Proszę, abyś była z Helgą pół godziny przed północą na dole.

Uśmiechnął się tylko dwuznacznie, gdy Helmuth zapytał ni stąd, ni zowąd:

– Dlaczego tylko Helga? Ja także chciałbym zobaczyć, jak wujek Adolf całuje się z panią Braun.

Zeszły na dół do głównego bunkra już o dwudziestej trzeciej. Helga była tak jak dzisiaj po południu, w białej sukience i białych rękawiczkach do łokcia. Ona w granatowej marynarce i stalowej spódnicy. Przypięła krzyż. Włożyła złoty łańcuch, który Joseph podarował jej na czterdzieste urodziny. Wolałaby kolię z pereł, ale do złotego krzyża nie pasowałaby za bardzo. Wiedziała, że Braun powiesi na sobie wszystkie brylanty, które dostała od Hitlera w ciągu całego życia, więc nie chciała przy niej wyglądać jak uboga kuzynka z bunkra na górze. Poza tym krzyż był ważniejszy. Tym bardziej że pamięta, jakim grymasem na twarzy zareagowała Braun, gdy Führer, przypinając jej ten krzyż, powiedział: „Dla pierwszej damy Rzeszy". I dlatego przypięła krzyż i włożyła złoty łańcuch.

Gdy zeszły z Helgą, byli już wszyscy oprócz Josepha. Bormann nerwowo chodził wzdłuż ściany i raz po raz sprawdzał, czy na biurku leżą wszystkie niezbędne dokumenty. Było wyjątkowo jasno. Paliły się wszystkie żarówki. Nawet te na korytarzu. Bormann, mimo absolutnego, pod groźbą rozstrzelania, nakazu oszczędzania benzyny polecił, aby tej nocy pracowały wszystkie agregaty.

Hitler, Braun i Joseph weszli przez boczne drzwi o 23:45. Jeszcze nigdy nie widziała Braun tak uśmiechniętej. Weszła do sali trzymana pod ramię przez Hitlera i od razu przeszli do biurka, za którym stał sekretarz udzielający ślubu. Braun miała na sobie kremową suknię z jedwabiu zapiętą pod szyję i, tak jak oczekiwała, kilogramy brylantów. Była bardzo zdenerwowana. Joseph opowiadał później, że podpisując akt małżeństwa, pomyliła się i zaczęła od litery „B". Ale ją przekreśliła i po raz pierwszy – i także ostatni – podpisała cokolwiek jako Eva Hitler.

Po ceremonii Joseph odprowadził Helgę, mimo jej głośnych protestów, do bunkra na górę. Gdy wrócił, Hitler wznosił toast „za historię, która kiedyś doceni naszą sprawę i nasze ofiary". Tej Braun, a w zasadzie już wtedy Hitler, nie było przy tym toaście! Wyszła akurat zapalić.

Szampana dostali tylko wybrani. Reszta wznosiła toast tanim rieslingiem przyniesionym w skrzynce przez adiutanta Hitlera Juliusa Schauba. Schaub zachował się wyjątkowo godnie. Odmówił wypicia szampana, którego podał mu sam Bormann, i pił ze wszystkim innymi wino, które przyniósł.

O drugiej w nocy Hitler z sekretarzem wyszli do pomieszczenia obok, gdzie Hitler podyktował swój ostatni testament. Bo Hitler napisał wiele testamentów. To w nim ogłosił historii, że Braun i on popełnią samobójstwo, aby „uniknąć hańby rezygnacji lub kapitulacji".

Potem wrócili z sekretarzem do wszystkich. Około czwartej nad ranem Braun i Hitler podeszli do Bormanna i Josepha, dyskutujących za biurkiem.

Po chwili Joseph poprawił mundur i kazał adiutantowi Hitlera poprosić o ciszę.

Zrobiło się niesamowicie. Umilkły wszystkie rozmowy. Z zewnątrz dochodziły głuche eksplozje. Hitler trzymał Braun za lewą rękę. Stanęli za biurkiem. W pewnym momencie Hitler położył prawą dłoń na swojej lewej piersi, Braun wyciągnęła prawą dłoń do góry. Joseph krzyknął na całą salę:

– Führer z małżonką wychodzą!

Wszyscy jak na komendę podnieśli swoje prawe dłonie i wrzasnęli:

– Heil Hitler!!!

Pamięta, że dostała gęsiej skórki z podniecenia i wzruszenia.

Joseph do końca wiedział, jak przypodobać się Hitlerowi. „Führer z małżonką". Coś takiego! On to potrafił się znaleźć w każdej sytuacji.

I wyszli faktycznie. Spędzić swoją noc poślubną. Ona do swojej sypialni, a Hitler do swojej. Bo Eva Braun, od kilku minut Eva Hitler z domu Braun, miała w nocy z 28 na 29 kwietnia 1945 „swoje dni". Wie to z całą pewnością od pokojówki Braun, Liesl Ostertag, która była u niej dwa dni przed tym pożyczyć watę lub „coś podobnego", bo „moja pani ma... no wie pani... ma te... no wie pani... te swoje dni, a nie mogę dostać się do magazynu na górze, bo cały korytarz jest od wczoraj po wybuchu zasypany". I dała jej wtedy całą watę, jaką miała. Ona miała menstruację tydzień temu i to była na pewno jej ostatnia. Więc po co jej wata. Nie wiedziała, jak zapakować jej tę watę. Nie mogła wysłać pokojówki kochanki Hitlera z naręczem waty przez cały bunkier pełen żołnierzy. Nie miała żadnego papieru oprócz kartek z maszynopisem przemówień Josepha. Dzieci używały ich do rysowania. To było ryzykowne. Wata „na te dni", opakowana w „nieśmiertelne" przemówienia ministra propagandy Rzeszy. Ale teraz wszystko było ryzykowne. Ułożyła kilkanaście kartek na biurku i zawinęła w nie watę. Liesl nawet nie zwróciła na to uwagi.

Hitler nie znosił „nieczystych kobiet". Nie znosił mięsa, dymu papierosowego, hałaśliwej muzyki, obcych języków i „nieczystych kobiet". Braun często skarżyła się swojej siostrze Gretl, że Hitler potrafił nie odwiedzać jej w Monachium przez dwa tygodnie, gdy tylko dowiedział się, że jest niedysponowana. Zresztą ten austriacki koleżka Hitlera z Linz, ten jego bezsensowny „przyjaciel na śmierć i życie", August Kunitzek, także wszystkim wokół rozpowiadał, że „Adolf ucieka jak od ognia od takich kobiet".

Liesl sama jej wszystko w szczegółach opowiedziała wczoraj późnym popołudniem, gdy wstrząśnięta przybiegła do niej do bunkra po tym, jak Hitler i Braun popełnili razem samobójstwo. Trzęsła się z przerażenia i łkała, gdy o tym mówiła. Wyszły na korytarz, aby dzieci tego nie słyszały, ale Helga i tak zrozumiała, o co chodzi.

Braun wyszła po nocy poślubnej ze swojej sypialni i powiedziała jej dumnym głosem: „Możesz mi spokojnie mówić «pani Hitler» od dzisiaj".

Potem zdjęła z palca obrączkę i podała jej torbę, w której była jedwabna suknia ślubna, i kazała to „bezzwłocznie przekazać mojej przyjaciółce Hercie Ostermayer". Potem wróciła do swojego pokoju i przez cały dzień i całą noc nie wychodziła stamtąd. Hitler nie zjawił się u niej przez cały ten czas. Następnego dnia rano, 30 kwietnia, poprosiła o papierosy i kawę na śniadanie. Tę noc także spędziła sama u siebie w sypialni. Około południa weszła do niej jej fryzjerka Milla Schellmoser, po godzinie wyszła zapłakana. Około 13:30 Braun wyszła ze swojej sypialni, ubrana w szary kostium; do tego miała czarne buty na wysokim obcasie i czarne skórzane rękawiczki. Ze schodów cofnęła się na chwilę do sypialni i po chwili wróciła, zapinając swój wysadzany brylantami zegarek. Zeszła do gabinetu Hitlera. Za kwadrans czternasta przyszedł Hitler. Nie zamienili ze sobą ani słowa. Kazali jej wyjść.

Potem wszystko zdarzyło się tak szybko. Słyszała strzał. Ale tylko jeden. Po chwili kamerdyner Linge i jakiś esesman wynieśli ciało Hitlera na zewnątrz bunkra i położyli na ziemi. Zaraz potem Bormann i jego adiutant wynieśli ciało Braun i przekazali temu Kempke, szoferowi Hitlera. Kempke przyniósł kanister z benzyną, wylał całą jego zawartość na oba ciała i podpalił. Liesl zanosiła się od płaczu, gdy jej to opowiadała. „Führer z małżonką odeszli" – powiedziałby Joseph, gdyby byli jacyś ludzie, którzy chcieliby jeszcze słuchać jego propagandowych bzdur na tym cmentarzu w środku Berlina – pomyślała, uspokajając Liesl.

Coś takiego! Eva Braun, zmarła Hitler, odeszła nietknięta przez męża. Czy takie małżeństwo jest w ogóle ważne?

Liesl wróciła do głównego bunkra, a ona do dzieci. Helga patrzyła na nią dziwnie, ale o nic nie zapytała. Inne dzieci może jeszcze nie, ale Helga musiała wiedzieć i rozumieć, że to wszystko się kończy. Miała przecież już trzynaście lat. I może dlatego tak się dzisiaj po południu zachowywała. Bo dzisiaj przez cały dzień wszystko było inaczej.

Nie mogła leżeć. Podniosła się i usiadła na kanapie. Widziała swoje odbicie w wyszczerbionym lustrze toaletki stojącej naprzeciwko kanapy. Czuła niepokój. Tylko to. Żadnego żalu, żadnej tęsknoty, żadnej winy, żadnego strachu. Przebieg dzisiejszego dnia wracał do niej jak zapis, którego już nie umieści w swoim dzienniku.

Najpierw, jeszcze w południe, w korytarzu głównego bunkra, tam gdzie ostatnio podawano posiłki, spotkałam tego Stumpfeggera, który zrobił mi wykład o tym, że „nie poświęca się tak młodych istnień dla idei", i to przy tej Schellmoser, fryzjerce Evy Braun, och, przepraszam, od wczoraj świętej pamięci Evy Hitler. Jak mógł? I ta fryzjerka patrzyła na mnie z taką pogardą i wyniosłością. Na mnie, Magdę Goebbels. Matkę, która urodziła ojczyźnie siedmioro dzieci i trzy razy dla ojczyzny poroniła. W ciągu 19 lat dziesięć ciąż i siedem porodów.

Zupełny kretyn ten Stumpfegger. To jest niepojęte, aby coś takiego mówić przy personelu. I poza tym, jak on wyglądał?! Ohyda. Nieogolony, w rozchełstanym mundurze, z poplamionymi krwią mankietami koszuli. W zakurzonych butach. I na dodatek śmierdział potem. Gdyby Joseph to widział... To nic, że nigdy nie wiadomo, kiedy będzie woda w kranach w tym bunkrze. To go wcale nie usprawiedliwia. Joseph nigdy tak nie wyglądał.

Potem Hanna Reitsch wywołała mnie na zewnątrz i powiedziała, że ona jest gotowa wylecieć z dziećmi samolotem jeszcze tej nocy z Berlina i że choć istnieje „pewne ryzyko, że Amerykanie przechwycą jej samolot", to ona mnie bardzo gorąco prosi i zaklina, abym się zgodziła. Oczywiście, że się nie zgodziłam. To było już postanowione i ostateczne. Poza tym, co powiedziałby Joseph?

Około czternastej, zaraz po obiedzie, zamiast iść jak zwykle czytać książki do naszego bunkra, tak jak było ustalone zostaliśmy w bunkrze głównym i poszliśmy do komory tego radiotelegrafisty Mischa. Miły człowiek. Usłużny. A przy tym prawdziwy aryjczyk. Zawsze nosił w kieszeni cukierki dla dziewczynek. Czasami brał na kolana małą Heide i pozwalał jej kręcić tymi ogromnymi pokrętłami radiostacji.

O czternastej trzydzieści wydałam polecenie Liesl, aby ubrała dzieci na biało. Tak jak na tym zdjęciu z czerwca czterdziestego trzeciego, gdy Harald przyjechał do nas na krótki urlop z frontu. Mój dzielny Harald. Gdzie on teraz jest? Czy dostanie mój list, który Hanna ma wywieźć z Berlina jeszcze dzisiaj w nocy?

Gdy weszłam do dzieci, Liesl kończyła ubierać Holde. Po chwili wyszła, nie żegnając się z dziećmi. Tak jak miała polecone. Gdy ja czesałam Heide, Helga wzięła grzebień i zaczęła czesać Heddę. Helmuth w tym czasie bawił się radiostacją Mischa stojącą na metalowym stole.

Potem przyszedł ten Stumpfegger. Miał w kieszeni siedem ampułek z cyjanowodorem. Sześć dla dzieci i jedną dla mnie. Na dzisiaj wieczór. Powiedziałam dzieciom, że muszą połknąć to, co przepisał nam doktor Stumpfegger i że to wcale nie jest gorzkie. Stumpfdegger podszedł najpierw do metalowego stołu, na którym stała radiostacja. Helmuth połknął jako pierwszy. Połknął i dalej bawił się radiem. Potem Stumpfegger podszedł do Hilde, a ja podałam ampułkę Holde i Heddzie, które podeszły do mnie same. W tym momencie upadł na podłogę Helmuth i po chwili Heide.

Hedda zaczęła przeraźliwie płakać, gdy Stumpfegger zbliżał się do niej. I wtedy Helga mnie zawiodła. A ten Stumpfegger wybiegł z wrzaskiem na korytarz...

Joseph przyjdzie o 19:20. Nie powie mu oczywiście o Heldze. Chociaż chciałaby. Bardzo chciałaby. Aby on też trochę pocierpiał. A nie jak ten tchórz ukrył się z Bormannem w gabinecie Hitlera i zajął się „usuwaniem istotnych dokumentów" z kancelarii Hitlera. Tak jak gdyby to było teraz najważniejsze. I tak cały świat już wie, ilu Żydów zagazowali w Polsce. On usuwał papiery, a jej zostawił usunięcie szóstki jego własnych dzieci. Nawet nie pofatygował się do niej po południu, mimo że wiedział, iż o 15:15 musi być już po wszystkim.

Ale to typowe nie tylko dla Josepha, także dla całej reszty tych trzęsących się teraz ze strachu nazistowskich pyszałkowatych wymoczków, którym wydawało się, że byli, i ciągle jeszcze są, na kilka minut przed opadnięciem ostatniej kurtyny, szczególnymi bohaterami. A tak naprawdę, patrząc na historię ostatnich lat z tego żałosnego bunkra przypominającego podziemny grobowiec, szczególne to były nazistowskie kobiety. I to nie tylko niemieckie.

Taka na przykład Gerda Bormann. Jak tylko ją pamięta, zawsze była albo w ciąży, albo w połogu. Dziesięcioro dzieci urodziła Rzeszy. Dziesięcioro! Hitler traktował ją jak rzymską matronę i gdyby mógł, i nie było to sprzeczne z rolą niemieckiej kobiety, zrobiłby z niej ministra do spraw rodziny. Hitler lubił takie kobiety jak „płodna Gerda", jak ją nazywali w Berlinie. Głównie z to, że rodziła praktycznie bez przerwy, całkowicie podporządkowała się temu dyktatorskiemu Bormannowi i siedziała cicho, nie robiąc żadnych skandali, mimo iż doskonale wiedziała, że Bormann ją nieustannie zdradza z tymi aktoreczkami i piosenkarkami, które podsyłał mu Joseph.

Gerda Bormann była dla niej – do pewnego czasu – szanowaną, wyróżnioną przez Führera Złotym Honorowym Krzyżem

Niemieckiej Matki, pogodzoną z losem żoną nazistowskiego choleryka. Ale tylko do czasu. Potem jednak zupełnie odebrało jej zmysły. Nie dość, że chciała, aby Bormann zapraszał swoją kochankę do ich domu, to jeszcze radziła mu, żeby „uważał, aby ona nosiła jego dziecko w jednym roku, podczas gdy kochanka w kolejnym, tak aby zawsze miał jedną kobietę gotową do poczęcia". Taki plan rozpłodowy rodziny Bormann. Ale co najgorsze, nie tylko rodziny Bormann, jak się wkrótce okazało. W czterdziestym trzecim „płodna Gerda" Bormann wystąpiła, korzystając z koneksji męża, z tym absurdalnym pomysłem Małżeństw Narodowych publicznie. Chciała, aby prawnie usankcjonowano posiadanie przez „zdrowych, wartościowych aryjskich mężczyzn" dwóch żon. Tak jak było to praktykowane po wojnie trzydziestoletniej! Hitler musiał zacierać ręce. To przecież on wykrzykiwał na którymś zjeździe NSDAP, że „polem walki kobiety jest sala porodowa".

Niektóre kobiety w Rzeszy zrozumiały te słowa Führera zbyt dosłownie. Jak ta czterdziestotrzyletnia „doktorowa" Karolina Diehl. Obdarowała męża i Rzeszę czwórką dzieci, z których żadne nie było jej – wszystkie były ukradzione ze szpitali lub odkupione jak małe szczeniaki na targowisku. A Diehl nie była niezrównoważoną psychopatką i fanatyczką. Zupełnie nie. Była wykształconą, grającą na fortepianie, mówiącą po francusku i udzielającą się w filantropii żoną doktora Raschera, „wybitnie zdolnego lekarza bezgranicznie oddanego Führerowi i Rzeszy", jak pisał o nim Himmler. Ale co innego miał pisać ten stary pantoflarz Heinrich Himmler, szef SS, na którego zlecenie Rascher przeprowadzał w Buchenwaldzie eksperymenty na ludziach? Wyciągał przecież od Hitlera na te eksperymenty miliony marek. Gdyby te eksperymenty robił jakiś wiejski weterynarz, napisałby o nim dokładnie to samo.

Gdy myśli o Himmlerze, to musi się zawsze dziwić. Heinrich Himmler, pan nad wszystkimi obozami koncentracyjnymi na tej planecie, człowiek, który za swój życiowy cel uznał usunięcie z tej ziemi wszystkich Żydów, co do ostatniego, był w domu absolutnym zerem. Chował jak przestraszony pies ogon pod siebie, gdy tylko Marga Himmler zawarczała to swoje słynne „Heinrich!". A wieczorem zamiast schnapsa lub piwa pił razem z Margą słabą herbatkę z rumianku. Jego żona zaczęła go szanować dopiero wtedy, gdy wyszło na jaw, że ma odwagę mieć kochankę. Himmler kupił dla swojego „zajączka" mieszkanie pod Berlinem i „płodna Gerda" Bormann często tam bywała, rozpowiadając potem po całym mieście, jak to „pięknie i praktycznie Heinrich urządził to gniazdko".

Diehl zakochała się w przystojnym i zdolnym lekarzu pracującym dla Himmlera. Miała wtedy 43 lata, a Rascher 27. Himmler nie godził się z początku na to małżeństwo. Wie to od Josepha. Himmler twierdził, że Diehl jest za stara na rodzenie dzieci. Ale Diehl nigdy się z tym nie pogodziła i udowodniła wkrótce, że Himmler się myli. Chociaż Himmler się nie mylił.

W czterdziestym roku Karolina Diehl wydaje na świat pierwsze dziecko. Syna oczywiście. Kilka tygodni przed tym Diehl ze swoją kuzynką, którą wtajemniczyła w całą sprawę, ukradła to niemowlę ze szpitala, a potem przekupiła akuszerkę i gdy Rascher był z Himmlerem w podróży służbowej, zasymulowała przedwczesny poród. Rascher był dumny, Himmler zdziwiony. Ale ciągle nie zgadzał się na małżeństwo swojego nadwornego lekarza. Ponad rok później „zbiegiem okoliczności" na dzień przed urodzinami Führera, dziewiętnastego kwietnia, przychodzi na świat drugi syn Raschera. Ojciec jest tak zajęty pracą, że nie zauważa nawet, że jego nowo narodzony syn to ośmiotygodniowe dziecko. Wszystko przez ten stres. Jak nie ma mieć stresu, gdy akurat w trakcie eksperymentu zmarło mu siedemdziesięciu więźniów. Himmler w końcu godzi się na małżeństwo Raschera i Diehl. Po ślubie, w nagrodę, Karolina – już teraz Rascher – jedzie do zbombardowanego przez aliantów Drezna i odkupuje od biednej zdesperowanej matki zdrowego chłopca i „rodzi go w bólach" dla swojego męża.

Po pewnym czasie Rascher zauważa, że żaden z jego synów nic a nic nie jest podobny do niego. Karolina decyduje się na nieprawdopodobny krok. Rodzi w domu kupionego wcześniej czwartego chłopca. Pokój, w którym rodzi, wygląda tak jak życzył sobie Führer. Jak „pole walki". Całe łóżko we krwi. Ona z zakrwawionym niemowlęciem na piersi. Jak mogło być inaczej. Same przed godziną z kuzynką nakładały czerwoną farbę na pościel i zanurzyły niemowlę w rzeźniczej krwi. Doktor Sigmund Rascher ma czwartego syna. To z pewnością jego syn. Siedział przecież obok w pokoju, gdy żona rodziła.

Ale Führer tak naprawdę zafascynowany był kobietami, które na oczy nie widziały żadnego „pola walki" i nie urodziły żadnego aryjskiego dziecka. Nie musiały być nawet Germankami. Wystarczyło, że miały „sto osiemdziesiąt centymetrów wzrostu, były blond i gdy szły przyśpieszonym krokiem, miały przed sobą kobiecość", jak powiedział swojemu szoferowi, który, gdy wypił za dużo, powtarzał to wszystko bez wahania Josephowi.

Dokładnie taka, poza piersiami, których nie miała prawie wcale, była „ta angielska żmijka", jak mówił o niej Joseph, Unity Mitford. Spotkali się przypadkowo w Osteria Bavariai w trzydziestym piątym. Pamięta ją bardzo dobrze. Podobna do Marleny Dietrich. Krótkie, lekko falowane włosy. Ponad sto osiemdziesiąt centymetrów. Przeważnie w czarnej koszuli zapiętej pod szyję, czarnym krawacie z odznaką NSDAP, czarnych spodniach, takich samych, jakie ona wkładała Heldze, gdy ta szła jeździć konno, i czarnych skórzanych rękawicach, jakich używali motocykliści. Angielska arystokratka, która opuściła swój zamek Tudorów w Anglii i przyjechała do Monachium, aby zamieszkać w małym mieszkaniu na poddaszu w starej kamienicy bez windy, z toaletą na korytarzu i „być blisko Niego". Ona chyba naprawdę była zakochana w Hitlerze.

Prawdziwe niemieckie nazistki mogłyby się wiele nauczyć od angielskiej nazistki Unity Mitford. Ale potem Anglicy popełniają ten idiotyczny błąd. Do teraz nie może tego zrozumieć. Co ich obchodziła ta dzika Polska, żeby zaraz trzeciego września trzydziestego dziewiątego wypowiadać wojnę Rzeszy?! Nie zrozumie chyba tego nigdy. Była raz w Polsce z Josephem. W Gdańsku czy w Krakowie, już nie pamięta. Wie tylko, że na ulicach było pełno pijaków, wszędzie stali żebracy i w restauracjach śmierdziało kaszanką. A ona przecież organicznie nie cierpi kaszanki. I dla takiego kraju Anglicy wypowiedzieli wojnę Rzeszy!!! Spodziewała się trochę więcej inteligencji po tym zarozumiałym grubasie Churchillu.

Dla Mitford trzeci września był dniem ostatecznym. Zapakowała w kopertę fotografię Hitlera z jego podpisem, odznakę partyjną i pożegnalny list i ubrana w swój mistyczny czarny mundur poszła wczesnym rankiem do Ogrodu Angielskiego w Monachium, usiadła na ławce i się zastrzeliła.

Ona uważała, że Unity zastrzeliła się dla „naszej sprawy". Joseph uważa, że według niego Unity do końca była angielskim szpiegiem i zastrzeliła się „dla sprawy Churchilla". Ale Joseph nie ma racji. On jej po prostu nie znosił, bo Unity totalnie ignorowała go jako mężczyznę, na każdym przyjęciu u Hitlera. Poza tym on nie cierpiał kobiet wyższych od niego.

Ale niższych od siebie czasami też nie znosił. Szczególnie takich, które były bardziej nazistowskie niż on. To się rzadko zdarzało. Ale zdarzyło. Tak jak w przypadku „matki wszystkich nazistowskich suk", jak ją nazywał Himmler, gdy wypił za dużo malinówki. A Himmler jako szef SS wiedział, co mówi. „Matką wszystkich nazistowskich suk" był nie kto inny tylko Lina Heydrich. Brzydka kobieta o męskich rysach twarzy, wąskich, prawie zawsze zaciśniętych ustach i nienawistnym spojrzeniu. Małżonka Reinharda Heydricha nazywanego w Reichstagu „pierwszym śmieciarzem Rzeszy Niemieckiej". I wszyscy wiedzieli, o jakie „śmieci" chodziło. Tak naprawdę, jak informował ją Joseph, wszystkie pomysły na „ostateczne oczyszczenie od zarazy żydowskiej" miała Lina Heydrich, a nie jej zatrudniony w tym celu mąż. Ale apogeum dla wdowy Heydrich nastąpiło, gdy w Pradze, w zamachu w czterdziestym drugim, zginął jej mąż. W akcie oślepiającej zemsty opracowała szczegółowe plany budowy niewolniczych kolonii żydowskich na terenie całej Rzeszy. Z krematoriami obok stodół, stajni i studni. Z tatuowaniem numerami żydowskich dzieci bez nadawania im nazwisk. Z ustaleniem nieprzekraczalnej granicy wieku życia dla niewolników na 40 lat i natychmiastowym eliminowaniem chorych. Chyba tylko kobieta potrafi tak nienawidzić i tak się mścić.

Joseph przyjdzie o 19:20. Nie powie mu oczywiście o Heldze.

Gdy ten Stumpfegger wybiegł z wrzaskiem na korytarz, podeszłam do radiostacji i przeniosłam Helmutha na dywan przy kanapie. Położyłam go obok Heddy i Heide. Potem obok nich ułożyłam Hilde i Holde. Potem przeniosłam Helgę. Helmuth miał rozerwane spodnie na kolanie, a Hedda nie miała wszystkich zapinek w swojej sukience. A wyraźnie przykazałam przecież Liesl, aby ubrała dzieci w najlepsze ubrania!

Na leżance przy drzwiach były tylko trzy małe haftowane poduszki. Podłożyłam je pod głowę Heide, Heddy i Hildy. Otworzyłam też zaciśniętą rączkę Heide i wyjęłam z niej pustą ampułkę. W tym momencie wszedł radiotelegrafista Misch z doktorem Naumannem. Obydwaj uklękli przy dzieciach i zaczęli się modlić. Ja siedziałam na kanapie i ściskałam w dłoni swoją ampułkę na wieczór. Wstałam po chwili i poszłam na górę, do naszego bunkra. Misch i Naumann ciągle się modlili, gdy wychodziłam.

Joseph przyjdzie o 19:20. Nie powie mu oczywiście o Heldze.

Menopauza

Siedział przy tym swoim cholernie starym, cholernie drogim i cholernie drewnianym biurku, wpisywał te swoje łacińskie dyrdymały w moją kartę pacjentki i tak od niechcenia rzucił mi za kotarę, za którą wkładałam rajstopy:

– To była pani ostatnia menstruacja.

Nawet mu głos nie zadrżał.

Czy kobieta w pierwszych godzinach menopauzy może natychmiast popaść w alkoholizm?

Byłam prawie pewna, że może, bo miałam wyraźne symptomy odstawienia, gdy mój plastikowy kubek pozostawał pusty dłużej niż dziesięć minut. W zasadzie chciałam zapytać o to mojego ginekologa, ale on był chyba nawet bardziej pijany niż ja, więc zrezygnowałam. Zresztą, patrzył na mnie tak dziwnie. Jak gdyby chciał mnie rozebrać wzrokiem. Naprawdę. Tak właśnie patrzył. Nawet jeśli nikt dawno nie chciał mnie rozebrać czy to wzrokiem, czy tak naprawdę, to ja ciągle jeszcze pamiętam – mimo że od kilku godzin jestem w menopauzie – jak może patrzyć na kobietę mężczyzna, który chciałby rozebrać ją wzrokiem. Nawet jeśli jest to jej ginekolog. Naprawdę pamiętam.

Patrzyłam na niego, gdy nalewał mi kolejną whisky do przezroczystego plastikowego kubka stojącego na blacie jego dębowego biurka i zastanawiałam się, czy ginekolog – nie tylko ten mój tutaj, ułożony jak cegły na niemieckiej budowie, ale tak generalnie – w swoim gabinecie może patrzeć na kobietę tak, jak gdyby chciał ją rozebrać wzrokiem? Nawet jeśli sto dwadzieścia cztery minuty wcześniej rozebrała się przed nim całkowicie z własnej woli i on wpatrywał się w jej krocze jak biolog przez mikroskop w zupełnie nową bakterię? Czyli *stricte* naukowo? Zresztą i tak podziwiam go za to. Ile może być nowych bakterii na tym świecie?

Zawsze zastanawiałam się, dlaczego kupowałam nową bieliznę przed każdą wizytą u ginekologa.

Opróżniałam swoją skarbonkę – Andrzejowi mówiłam zawsze, że zbieram pieniądze na studyjną wyprawę do Nepalu – szłam do najlepszego sklepu w mieście i przymierzałam te wszystkie bielizny, które wyglądały tak bardzo sexy na modelkach w telewizji. I zawsze było tak samo. Wracałam z nową bielizną i starym przyrzeczeniem, że już nigdy tam nie pójdę.

Bo jakże może być inaczej? Wchodzi się rano, zaraz po otwarciu, do tego sklepu i te panienki wyglądają, jak gdyby wstały o północy, aby tak wyglądać, jak wyglądają. To jest bardzo deprymujące dla normalnych kobiet i zaczyna się mieć negatywne uczucia zaraz przy wejściu. A to dopiero początek. Potem one chodzą za człowiekiem po całym sklepie jak córki za macochą i doradzają zawsze bieliznę o dwa numery za małą, aby się przypodobać, a potem, gdy idzie się do przymierzalni, to przynoszą tę dwa numery za małą razem z tą normalną, o dwa numery większą. Tak na wszelki wypadek, „gdyby pani nie czuła się w tej pierwszej całkiem wygodnie".

I jest się w tej przymierzalni, i już po minucie dostaje się „syndromu ucieczki". To uczucie jest szczególnie intensywne w przymierzalniach „najlepszych sklepów w mieście" (sprawdziłam to w kilku miastach). Oni tam między innymi za moje pieniądze montują te neonowe, kryptonowe lub wypełnione innymi toksycznymi gazami świetlówki, produkujące miliony lub nawet tryliony luksów światła (pamiętam z fizyki, że natężenie światła mierzy się w luksach; już wtedy kojarzyło mi się to z luksusem). Obijają ściany, a czasami nawet sufity, kryształowymi lustrami i każą w takich warunkach zdjąć wszystko z siebie i włożyć te ich luksusowe LaPerle lub Aubade w cenie średniej pensji salowej w szpitalach warszawskich. W tych luksach i lustrach widać w szczegółach strukturę małej blizny na ramieniu po szczepieniu przeciwko gruźlicy z dzieciństwa, a co dopiero celulitis, zmarszczki lub „uzasadnione wiekiem przebarwienia skóry". Te widać w tych warunkach jak powiększoną do formatu A2 lub A1 kserokopię aktu urodzenia. Strasznie wyraźna i wyrazista kserokopia. W tych luksach i przy tych odbiciach w lustrze przypominają się nagle człowiekowi wszystkie telewizyjne reportaże lub artykuły w „Newsweeku" o „niebezpieczeństwach operacji plastycznych" i zaczyna się nagle rozumieć, dlaczego kobiety „w niebezpieczeństwie" podejmują takie ryzyko. I nagle zaczyna się im zazdrościć tej odwagi i samemu chciałoby się wybiec z tej przymierzalni prosto na operację plastyczną, aby wyciąć sobie zmarszczki, szczególnie te najbardziej oporne na najdroższe kremy.

Wychodzi się potem z takiej przymierzalni i czuje się człowiek jak kobieta, która w radiu, przed całą Polską, musiała głośno powiedzieć, ile ma naprawdę lat. Następnie idzie się do kasy, aby dopiero tam – płacąc średnią pensję warszawskiej salowej kasjerce, która wstała o północy, aby tak wyglądać – przyjąć z uśmiechem na ustach prawdziwy cios. I potem, mając swoją godność, wychodzi się ze sklepu jak gdyby nigdy nic. I potem, przynajmniej ja, „jak gdyby nigdy nic" idę do najbliższego miejsca, gdzie można usiąść i gdzie sprzedają alkohol.

Ale tak obiektywnie mówiąc, to ta bielizna na tych anorektycznych modelkach wygląda naprawdę sexy. Tak niezwykle sexy, że Andrzej przerywa czytanie gazety lub swoich finansowych raportów i spogląda na ekran telewizora. A nie spojrzał na ekran telewizora nawet wtedy, gdy Redford tańczył z nią w „Zaklinaczu koni", a ja nie mogłam się opanować i zaczęłam w fotelu łkać na głos i to było słychać. Usłyszał, że płaczę, spojrzał na mnie tym swoim spojrzeniem z serii „co ta baba znowu wymyśla" i wrócił do swoich papierów, nie pytając o nic i nie spoglądając nawet przez milisekundę na ekran telewizora. Ale przy tych modelkach spogląda.

I wtedy, przy tym Redfordzie, było mi przykro. Bo przecież tak naprawdę to ja tę bieliznę kupowałam wcale nie dla mojego ginekologa. Zupełnie nie. I wtedy myślałam, że nienawidzę, nie wiem nawet kogo lub co, za to przemijanie czasu, które rujnuje mi skórę zmarszczkami, za tę cholerną grawitację, która przyciąga moje piersi do ziemi, za ten metabolizm, który odłoży mi tłuszcz, nawet gdybym sałatę popijała wodą mineralną bez gazu, i za to nieuchronne nabywanie mądrości, która każe mi myśleć, że może już być tylko gorzej. I mimo tej mądrości regularnie opróżniam moją skarbonkę z „oszczędności na Nepal", idę skatować swoje ego w przymierzalni i kupuję coraz droższą bieliznę, wmawiając sobie, że u ginekologa wypada rozebrać się z drogiej bielizny, a tak naprawdę licząc, że zdejmie ją ze mnie Andrzej.

Ale Andrzej nie zdejmuje ze mnie nic od siedmiu lat, dziesięciu miesięcy i czternastu dni. Pamiętam to dokładnie, bo „ten ostatni raz" był tej nocy, gdy po raz pierwszy wybrali go do rady nadzorczej w tej jego spółce. Gdy myślę „spółka", to nie mogę nie myśleć o Marcie, mojej przyjaciółce. Aktualnie z Austrii. Kiedyś zupełnie bez powodu zadzwoniła do mnie o północy, pijana, z jakiegoś baru w Wiedniu, i zapytała, przekrzykując muzykę w tle:

– Słuchaj, czy odkąd twój Piotr, nie... on nie jest przecież Piotr... *verdammt*... Andrzej on jest, prawda... ale *egal*... czy odkąd ten twój Andrzej jest w tej jego spółce, to także nie spółkuje? Przynajmniej z tobą? Myślisz, że oni zakładają te spółki, żeby je nieustannie nadzorować? Nawet w nocy, i nie spać z nami tego powodu?

I odłożyła słuchawkę, nie czekając wcale na moją odpowiedź. I pomyśleć, że Marta chciała być zakonnicą, zanim została neurobiologiem. Teraz mieszka w Wiedniu, dokąd uciekła z Montrealu od swojego trzeciego męża za swoim Jürgenem.

Jürgen, syn wydawcy najbardziej poczytnego tygodnika w Austrii, był stypendystą na uniwersytecie w Montrealu i miał tylko trzy lata więcej od jej syna z drugiego małżeństwa. Spotkała go na kursie francuskiego. Przyszła spóźniona. Sala była przepełniona. Jürgen jako jedyny wstał i ustąpił jej miejsca, a sam poszedł szukać krzesła dla siebie. Wrócił bez niczego, bo wszystkie inne sale były zamknięte, i całą godzinę stał pod ścianą, uśmiechając się do niej.

Rozmawiali po angielsku. Oczarował ją nieśmiałością, niebywałą skromnością, dłońmi pianisty i tym, że potrafił godzinami jej słuchać, mimo że miał, jak mało który mężczyzna, wiele do powiedzenia. Chodzili często do włoskiej kawiarni w budynku rektoratu. Po kilku miesiącach poszli któregoś wieczoru na kolację. Tuż po tym, jak zamówili deser, dotknął delikatnie jej dłoni. Nie zaczekali na kelnera. Jürgen zostawił swoją kartę kredytową, wizytówkę i napiwek na stole i wyszli z restauracji. Rozebrała się częściowo już w taksówce, w drodze do jego mieszkania w Quartier Latin na przedmieściach Montrealu. Teraz Marta zna także niemiecki.

Marta po prostu zawsze jest z mężczyzną, „którego kocha”. Gdyby zakochała się w Eskimosie, mieszkałaby na Grenlandii. Tego jestem pewna. To ona namawia mnie na ten Nepal, a conto którego opróżniam moją skarbonkę.

Andrzej jej nie znosi. Głównie za to, że miała zawsze do powiedzenia przy stole prawie na każdy temat więcej niż on. I na dodatek to mówiła. I to w czterech językach. Tak jak na przykład podczas tej pamiętnej kolacji w trakcie naszego urlopu z szefem Andrzeja z Genewy, dwa lata temu.

Pewnego weekendu pojechaliśmy z Genewy do Annecy we Francji. To tylko czterdzieści kilometrów od centrum Genewy. Gdybym kiedykolwiek chciała gdzieś spędzać starość – Boże, co ja gadam, przecież ja już od ponad dwóch godzin spędzam starość – to chciałabym ją spędzać w Annecy. Białe od śniegu szczyty Alpy odbijają się w lustrze kryształowo czystego jeziora. Najlepiej to podziwiać, pijąc beaujolais na tarasie baru w L'Imperial Palace. Poza tym w Annecy wydaje się człowiekowi, że wszyscy są zdrowi, bogaci i nigdzie się nie spieszą.

To właśnie tam Szwajcarzy zaplanowali pożegnalną kolację i to właśnie w tym hotelu, zupełnie przypadkowo, mieszkała Marta, która akurat w Annecy przewodniczyła sesji naukowej w trakcie jakiegoś kongresu. Zeszła do restauracji hotelowej, bo potrzebowała korkociągu, aby otworzyć wino, które chciała „wypić w całości, masturbując się przy Mozarcie w łazience", jak mi powiedziała z typową dla niej rozbrajającą szczerością, gdy zostawiłyśmy mężczyzn przy stole i wyszłyśmy na chwilę razem do toalety. I potem natychmiast tym swoim lubieżnym szeptem zapytała:

– A ty masturbowałaś się już kiedyś przy Mozarcie?

Parę minut wcześniej wzięła korkociąg od barmana, odwróciła się twarzą do sali restauracyjnej i zobaczyła mnie. Wrzasnęła po francusku „merde" tak głośno, że wszyscy przerwali rozmowy i jedzenie, i gdy w całej restauracji zapadła martwa cisza, Marta podbiegła do stolika, przy którym siedziałam, i zupełnie ignorując wszystkich i wszystko zaczęła mnie całować jak córkę, której nie widziała dwadzieścia lat. Nie wiem, jak się to dokładnie stało, ale po krótkiej chwili po prostu siedziała z nami przy stole, przekomarzając się z kelnerem przy zamawianiu kolacji. Oprócz nas, Polaków, przy stole siedzieli także Amerykanie i Niemcy, i oczywiście szwajcarski szef. Młody elegancki mężczyzna. Nigdy nie widziałam u mężczyzny aż tak niebieskich oczu. Homoseksualista. Wcale tego nie ukrywał. Przyszedł na kolację ze swoim przyjacielem.

Po kilku kieliszkach wina Marta opowiadała Niemcom po niemiecku najnowsze dowcipy o Polakach i tłumaczyła szwajcarskiego szefa z francuskiego na angielski. Mimo że szwajcarski szef po Harvardzie zupełnie tego nie potrzebował. Patrzył na nią z podziwem i rozbawiony powtarzał:

– No proszę, madame, niech pani im to powie. Właśnie pani, madame. Bardzo proszę. Jeszcze nigdy nie widziałem, aby ci Amerykanie wpatrywali się w kogokolwiek z takim podziwem. Czy pani naprawdę musi być tym neurobiologiem?

Andrzej milczał przez cały czas i wyglądał jak obrażony chłopiec, któremu matka przy wszystkich kolegach z przedszkola kazała za karę iść do kąta.

Dlatego Andrzej nie lubi Marty. Poza tym przy każdej okazji komentuje jej prywatne życie, uważając, że Marta „jest po prostu psychicznie chora" i stąd te jej ucieczki od jednych mężczyzn do innych w poszukiwaniu „seksualnej odmiany, która jej się myli z miłością". I dodaje zgryźliwie tonem wyższości mądrość życiową, którą moja teściowa powtarza przy każdej możliwej okazji: „Nieważne do jakiego łóżka położysz chore ciało, zawsze będzie chore". A ja za każdym razem, gdy on to mówi, myślę, że Marta kładzie swoje ciało do tego łóżka, w którym ktoś jej pragnie, i „chorować" zaczyna dopiero, gdy to łóżko wystyga. I wtedy po prostu wstaje i odchodzi. Nie trwoży jej ani myśl o potępieniu, ani strach przed samotnością. Marta odchodzi od ogniska, w którym nie ma już żaru, i szuka ciepła gdzie indziej.

Bo dla Marty nie ma „miłości nie w porę". Nie w porę może przyjść czkawka, okres, śmierć lub sąsiadka. Ale nie miłość.

Tak naprawdę Marta nigdy tej miłości nie szukała. Zawsze na nią trafiała, mimo że miała tak mało czasu w swoim dwunasto-godzinnym dniu pracy. Może dlatego, że nigdy nie godziła się na bycie dla mężczyzny tylko zwierciadłem. Rzadko wstrzymywała oddech w podziwie, słuchając opowieści, jak to „on zbawi i na-prawi świat" swoją mądrością, swoimi pieniędzmi lub swoim talentem. Bo Marta rzadko kiedy miała mniej pieniędzy, mniej talentu, a już prawie nigdy nie miała mniej mądrości.

Poza tym Marta chciała być dla mężczyzny tym właśnie całym światem, który on chciałby zbawić. Powiedziała mi to wszystko zupełnie niedawno. Przyleciała kiedyś z Wiednia ze swoim Jürgenem, aby pokazać mu Gdańsk. Aby, jak mówiła, „wreszcie zrozumiał polski wątek pisarstwa Grassa, bez którego Günter nigdy nie dostałby tego waszego wyświechtanego lite-rackiego nieobiektywnego Nobla, na którego tak naprawdę zasługują tylko autorzy encyklopedii".

W dwa dni pokazała mu Gdańsk, a we czwartek kazała „zor-ganizować sobie jakoś weekend", bo ona chce teraz „jeść kola-cje i nocować ze swoją najlepszą przyjaciółką, a on tylko by przeszkadzał".

Tak powiedziała!

I zadzwoniła najpierw do Andrzeja do biura z prośbą, aby nie dzwonił do nas do Sopotu, „bo mamy babski weekend", a potem dopiero do mnie.

Siedziałyśmy w piżamach w jednym łóżku w apartamencie w Grand Hotelu w Sopocie, obżerałyśmy się milionami kalorii w lodach, szarlotce i serniku, piłyśmy szampana z butelki, słu-chałyśmy Grechuty i oglądałyśmy stare albumy z fotografiami, płacząc ze smutku i ze śmiechu na przemian. I wtedy Marta opowiedziała mi o tym, jak poznała Jürgena i jak rozbierała się dla niego, podczas gdy on całował jej włosy w taksówce w Montrealu w drodze do jego mieszkania. I dodała:

– Bo kobiety najczęściej wiedzą dokładnie, czego chcą, po pierwszym seksie. Wszystko albo nic. A tak naprawdę to wiedzą to już po pierwszym pocałunku. Prawda?

– Prawda, Marto. Prawda... – powiedziałam i przytuliłam się do niej, i wcale nie myślałam o Andrzeju. I zastanawiałam się, przytulona do Marty, czy ja zmarnowałam swoje życie, nie mając nikogo, o kim mogłabym myśleć w takim momencie. Naprawdę nie miałam nikogo takiego. Bo ja zawsze miałam tylko Andrzeja.

Więc to było tej nocy, gdy Andrzeja wybrali do rady nadzorczej i on zadzwonił przed czwartą nad ranem, prosząc, aby odebrać go z Jachranki, gdzie mieli obrady. Na bawełnianą koszulę nocną włożyłam płaszcz i pojechałam.

Andrzej był podniecony. Znam to u niego. Każdy sukces wywołuje w nim rodzaj seksualnej ekscytacji. Najlepszy seks mieliśmy ostatnio – cokolwiek znaczy tutaj „najlepszy" – gdy albo dostał awans, albo zamknął bilans „z centralą w Genewie", albo przenieśli go w biurowcu na wyższe piętro lub gdy indeks giełdowy ich firmy podniósł się „o minimum dwanaście punktów niezależnie od notowanej wartości WIG". Gdybym z jakiegoś powodu chciała odtworzyć swoje życie seksualne z ostatnich lat, potrzebowałabym tylko archiwum notowań dynamiki WIG warszawskiej giełdy oraz CV mojego męża. Im wyższe stanowisko lub wyższy indeks giełdowy WIG, tym lepsza erekcja u mojego męża.

Ale tamtej nocy, gdy wybrali go do rady nadzorczej, Andrzej był podniecony inaczej. Zabraliśmy do samochodu także jego prezesa. Wulgarny mężczyzna, przypominający z wyglądu hipopotama w za ciasnym garniturze. Opluwający siebie i wszystkich w promieniu metra przy każdym wybuchu śmiechu. A śmiał się bez powodu i nieustannie. Ale był prezesem.

Prosił, aby go – po czwartej rano – wysadzić przy Saskim, mimo że na Mokotowie miał willę wypełnioną żoną, trzema córkami i synem. Gdy tylko prezes nas opuścił, Andrzej przesiadł się na fotel pasażera obok mnie. Ruszyliśmy i zatrzymaliśmy się zaraz na światłach. Wtedy Andrzej bez najmniejszego nawet gestu czułości lub jednego słowa wsunął mi rękę między nogi. Nie miałam majtek pod tą bawełnianą koszulką nocną, siedziałam z rozłożonymi udami, aby móc dosięgnąć stopami pedałów gazu i sprzęgła w tym jego ogromnym służbowym mercedesie, więc bez trudu wepchnął we mnie swój palec. Zupełnie nie spodziewałam się tego. To było gorsze niż defloracja! Przy defloracji, nawet jeśli boli, to wie się dokładnie, że to nastąpi i przeważnie się tego chce.

Krzyknęłam. On myślał, że z rozkoszy. A to było z bólu. Chwycił za kierownicę i zjechaliśmy na oświetlone podwórze jakiegoś banku. I wtedy, siedem lat, dziesięć miesięcy i czternaście dni temu zdarł ze mnie płaszcz, wyrywając wszystkie guziki i próbował podnieść koszulę nocną. I mówił przy tym strasznie wulgarne słowa. Jak w jakimś okropnym pornograficznym filmie. Zionął wódką, śmierdział potem i mówił, że mnie za chwilę „zerżnie tak, że zapamiętam do końca życia". I to o „zerżnięciu" było z tego, co mamrotał, najbardziej delikatne. Więc dokładnie pamiętam, kiedy ostatni raz mój mąż mnie rozebrał. I bardzo chciałabym to kiedyś zapomnieć.

Zastanawiałam się nad tym wszystkim, gdy mój doktor nauk medycznych, specjalność ginekologia, po studiach doktoranckich w Heidelbergu, podszedł do przeszklonej szafy przy ścianie, na której wisiały wszystkie jego oprawione w rzeźbione ramy dyplomy, odsunął kartoniki z lekarstwami i tymi okropnymi reklamówkami spiral domacicznych i wyciągnął kolejną butelkę.

– Remy martin – powiedział z dumą w głosie, uśmiechając się przewrotnie.

Opuścił na nos te swoje okulary w złotych oprawkach (zawsze przypomina mi w nich niemieckiego lekarza z filmów o obozach koncentracyjnych), przeszedł do fotela, na którym przed chwilą „oglądał moje bakterie", przycisnął guzik i podsunął butelkę pod halogenową lampę przypominającą reflektor.

– Świetny ciemnozłocisty kolor. To ostatnia tej klasy. To jest VSOP, ona ma piętnaście lat, a u mnie w szafie leżała sześć, więc ma ponad dwadzieścia jeden lat. Boże, jak ten czas leci... – westchnął.

Rzeczywiście. To było tak niedawno. W roku, kiedy on dostał tę butelkę, rodziłam Macieja. Jakby to było w zeszłym tygodniu. Nigdy potem Andrzej mnie tak nie kochał jak wtedy, gdy miałam mu urodzić Macieja. I było tak cudownie między nami. Tak uroczyście i we wszystkim była erotyka. Kładł mi rękę na policzku w bibliotece uniwersyteckiej i to było lepsze niż większość orgazmów, które miałam w ostatnim czasie.

To było tak dawno.

Wrócił kiedyś w marcu nocą z instytutu. Zapalił wszystkie światła w całym mieszkaniu, włączył Pink Floydów i wyciągnął mnie z łóżka, prosząc do tańca. O drugiej nad ranem. I potem, gdy tańczyłam z nim, śpiąc na jego ramieniu, wyszeptał mi do ucha, że dostał stypendium w Stanach i że „Maciej urodzi się nad Pacyfikiem". Nie pytał mnie nawet, czy może wolałabym mieć córeczkę albo chociaż o to, czy chcę, aby nasz syn miał na imię Maciej. Nie pytał także o to, czy może ja chciałabym, aby urodził się tutaj, w Krakowie, gdzie jest moja mama, Marta i pielęgniarki mówią po polsku. Nie pytał o nic, tylko tańczył ze mną i mnie informował. Szeptał mi swoje decyzje do ucha, a ja przytulona do niego w tym tańcu, ciągle w półśnie, myślałam, że mam najlepszego męża pod słońcem i że przecież mało kto może urodzić dziecko nad Pacyfikiem, zamiast w tej biedzie tutaj, gdzie nie ma nawet strzykawek w szpitalach. I ja wtedy, jako jego kobieta, odbijałam go w tym magicznym lustrze zwielokrotnionego i robiłam się sama jeszcze mniejsza. I on mnie taką małą widzi także dzisiaj.

Wywiózł mnie w piątym miesiącu ciąży z Polski do San Diego na końcu świata. Dalej są tylko Hawaje i Galapagos. Kazał włożyć szeroki płaszcz, aby na lotnisku ci z imigracyjnego nie zauważyli, że jestem w ciąży, bo on w podaniu o wizę skłamał, pisząc, że nie jestem. W San Diego był upał, bo tam prawie zawsze jest upał, a ja, wystraszona, jak gdybym w swojej macicy pod zimowym płaszczem szmuglowała dwa kilogramy kokainy, a nie Macieja, podawałam swój paszport grubej kobiecie w mundurze z pistoletem i odznaką szeryfa.

Po czterech miesiącach urodziłam. W klinice na przedmieściach San Diego. W La Jolla. Zachodnie skrzydło kliniki miało w pokojach pacjentów balkony z widokiem na Pacyfik. Ale tylko dla pacjentów z ubezpieczeniem Blue Cross. Andrzejowi udało się zebrać pieniądze ledwie na Red Cross. Na wschodnie skrzydło. Z widokiem na pralnię i prosektorium.

Nigdy nie płakałam tak często jak wtedy, w ciągu tych czterech miesięcy w San Diego. Zostawiona sama sobie w mieszkaniu, w którym czternaście razy była policja, bo wychodząc na podwórze, regularnie zapominałam odbezpieczyć alarm, czekałam nieustannie na Andrzeja, który wychodził rano i wracał przed północą. Byłam tak samotna, że czułam, iż robię się w środku jak wściekły wysuszony kaktus, który może zranić moją nienarodzoną córkę. Bo na początku w tajemnicy przed Andrzejem pragnęłam córki. Potem, tuż przed urodzeniem, z chęci zemsty pragnęłam, aby to na pewno była córka. Zemsty za tę samotność, podczas której miałam wrażenie, że dzielę cały smutek świata z telewizorem, włączanym zaraz po przebudzeniu. To nic, że nie znałam angielskiego.

To także nic, że on „pracował dla nas trojga", to nic, że „robił doktorat i światową naukę", a po godzinach nosił reklamówki od drzwi do drzwi, aby zebrać pieniądze na Red Cross. To cholerne, gówniane nic. Miał być chociaż trochę ze mną, a nie ze „światową nauką". Miał dotykać mego brzucha i słuchać, czy kopie, miał martwić się moimi plamieniami, biegać do apteki po podpaski, miał chodzić ze mną po sklepach i wybierać niebieskie kaftaniki i te mikroskopijne niemowlęce białe buciki, które wzruszały mnie do łez, miał trzymać mnie za rękę, gdy tęskniłam do bólu za domem w Krakowie i chociaż raz być w domu, gdy ta policja przyjeżdża, jak Kojak, na sygnale, z bronią gotową do strzału, bo zapomniałam odbezpieczyć alarm, idąc na podwórko, wywiesić jego wyprane koszule, majtki i skarpetki.

A potem urodziłam blisko pralni i Pacyfiku Maciusia. I zniknął gdzieś, rozpłynął się we mnie wysuszony kaktus, i nie włączałam już telewizora zaraz po przebudzeniu.

Boże, to już dwadzieścia jeden lat. Jak ten czas leci...

VSOP sprzed dwudziestu jeden lat! Boże, tego nie można mieszać z marnym danielsem, którym upijaliśmy się w pierwszych dwóch godzinach mojej menopauzy. To czuł także mój ginekolog. Wstał od biurka i wyciągnął nowe plastikowe kubki z szafki stojącej przy fotelu. No tak! To są z pewnością te same kubki, które jego asystentka daje kobietom ze skierowaniem do analizy moczu. Ponaddwudziestojednoletni remy martin za minimum sto dolarów w kubkach jako dodatek do skierowania do urologa! Czy on mnie naprawdę aż tak wyróżnia? Czy on naprawdę nie pił z nikim nigdy wcześniej w swoim gabinecie?!

Usiadł naprzeciwko mnie, rozwiązał krawat, rozpiął guzik koszuli i zdjął swój biały kitel z wyhaftowanymi zieloną nicią inicjałami. Nagle, bez kitla, wyglądał zupełnie inaczej. Zupełnie nie jak lekarz. Raczej jak mężczyzna.

Nie przepadam za lekarzami. Są tacy jednowymiarowi z tym swoim ortodoksyjnym samouwielbieniem i podziwem dla tego, co robią. Zrobili te swoje magisteria z medycyny, a każą do siebie mówić per doktor. Normalny człowiek musi zasłużyć na to doktoratem. Po dziesięciu minutach rozmowy o czymkolwiek innym zawsze tylnymi drzwiami wrócą do medycyny. Ma się przy nich nieustanne wrażenie – nawet jeśli są chirurgami szczękowymi – że żyją na ziemi z jakąś ważną misją, podczas gdy tacy na przykład adwokaci, listonosze lub kasjerki po prostu zarabiają na spłacanie kredytów.

W zasadzie o moim ginekologu nie miałam jeszcze prawa tak myśleć. Nigdy nie rozmawiałam z nim dłużej niż dziesięć minut i zawsze o medycynie. Jak się kiedyś przypadkowo okazało, był dobrym kolegą, a przez pewien czas – jak opisał to Andrzej – „nawet istotnym przyjacielem" (czy mogą być nieistotni przyjaciele?!) mojego męża. Było mi z tą wiedzą trochę trudno na początku. To nie jest miłe uczucie mieć kartę pacjenta i rozkładać nogi przed „istotnym przyjacielem" męża, aby potem radzić się go w sprawie na przykład upławów, wiedząc, że można go lada dzień spotkać na imieninach przyjaciółki lub na koleżeńskim brydżu w swoim mieszkaniu. Ale nic takiego się nie stało. Jedynym miejscem, gdzie spotkałam mojego ginekologa poza jego gabinetem, była kostnica.

Zginął w Himalajach dobry kolega Andrzeja ze studiów. Pisały o tym gazety w całej Polsce. Pojechaliśmy na pogrzeb do Nowego Targu. W kostnicy przy małym kościółku z cmentarzem, z którego widać Tatry w słoneczny dzień, młoda kobieta w czerni klęczała przy trumnie od momentu, gdy weszliśmy. Potem otworzyły się skrzypiące drzwi kostnicy i wszedł mój ginekolog. Podszedł do zmarłego, ucałował go i ukląkł przy tej kobiecie. I modlił się. I płakał. I znowu modlił. I gdy następnym razem przyszłam do jego gabinetu, to tylko po receptę na tabletki. Chciałam go spotkać i być przez chwilę z nim w tym pokoju, aby przekonać się, czy ciągle potrafię, po tym przeżyciu w kostnicy w Nowym Targu, rozebrać się przed nim i usiąść na tym fotelu. Uśmiechnął się tak samo sztucznie jak te panienki z przymierzalni. Był znowu lekarzem.

Mogłam.

Poziom koniaku w butelce sprzed dwudziestu jeden lat zbliżał się do tego miejsca w dole etykiety, w którym firma Remy Martin zdecydowała się wydrukować swoje dumne pięć gwiazdek. Robiło się późno. Podniosłam kubek do ust, wypiłam i nie wiem dlaczego nagle zapytałam:

– Czy pana żona ma zmarszczki?

Chociaż tak naprawdę chciałam zapytać, czy jego żona ma już także menopauzę.

Spojrzał na mnie z takim bólem w oczach, jak gdybym wbiła mu nóż w policzek.

– Zmarszczki...?

Odsunął powoli swój dębowy fotel od biurka. Wstał. Podniósł do ust swój plastikowy kubek i wypił łapczywie.

– Zmarszczki... Zmarszczki ma, proszę pani, nawet wszechświat. Fale grawitacyjne marszczą wszechświat tak samo, jak spadająca z nieba kropla deszczu marszczy kałużę lub jezioro. Tylko że to jest bardzo trudno zarejestrować. Te fale grawitacyjne. Ale one tam są, z pewnością. To przewidział i obliczył Einstein. Mówiła mi o tym moja żona. I pokazywała jego publikacje z dwoma błędami. Wiadomo, że one tam są. I wszyscy się z tym zgadzają, i wszyscy chcą je jako pierwsi wykryć, zarejestrować, opisać, dostać za to Nobla i znaleźć się w encyklopediach... I moja żona także tego chciała... Ona te fale czasami czuła w sobie. Opowiadała mi o tym. Najpierw włączała swojego ulubionego Gershwina, potem pisała jakieś równanie matematyczne na pół strony i tłumaczyła, iż z niego wynika, że te fale z pewnością są i że ona czuje je jak wewnętrzne delikatne wibracje. I podniecona, z kieliszkiem wina w dłoni przekonywała mnie, że odkrywanie tych fal to prawie podglądanie Boga przy tworzeniu świata i że to jest fascynujące i piękne. I gdy ona o tym mówiła, to... to było fascynujące i piękne. I zawsze będzie... Boże, jaka ona była piękna, gdy była czymś zachwycona... Ze swoim profesorem z uniwersytetu, który znał tego amerykańskiego noblistę Taylora, załatwili po dwóch latach zabiegów dostęp – na trzy miesiące – do największego obserwatorium fal grawitacyjnych w Livingston w Luizjanie. Byli pierwszymi Polakami, którym pozwolono prowadzić badania w tym laboratorium. Polecieli w Niedzielę Wielkanocną. Na lotnisku cieszyła się jak dziecko, które stoi blisko wejścia w kolejce do Disneylandu. „A gdy wrócę już z tymi falami, to zaraz urodzę ci syna...” – powiedziała uśmiechnięta i rozpromieniona, całując mnie na pożegnanie. Ale nie wróciła. Tak samo jak później z Himalajów nie wrócił jej brat. Wylądowali w Nowym Orleanie, gdzie razem z czterema Francuzami z uniwersytetu w Bordeaux mieli przesiąść się do cesny i przelecieć do Baton Rouge, a stamtąd autobusem wysłanym przez obserwatorium przejechać do Livingston. Cesna spadła do jeziora Ponchartrain w pięć minut po starcie.

Zdjął okulary, przełożył je z ręki do ręki.

– Gdy myślę o mojej żonie i jej bracie, który wspinał się do nieba, to czasami wydaje mi się, że Bóg pogroził im palcem za tę ciekawość. A jak Bóg grozi palcem, to ludzie czasami umierają. Ale ona przecież nie chciała wykraść mu żadnej tajemnicy. I ja – wrócił do biurka, nalał sobie do pełna, rozlewając parę kropel na dokumenty leżące przy butelce, wypił łapczywie i z butelką w ręku odszedł pod okno gabinetu, i odwrócił się plecami do mnie – proszę pani chciałbym, aby moja żona mogła mieć wszystkie możliwe zmarszczki i abym mógł je chociaż raz zobaczyć. Nawet pani nie wyobraża sobie, jak piękną kobietą była moja żona.

Wrócił do biurka. Wytarł ukradkiem łzy i nałożył powoli okulary.

– Bo czas jest, proszę pani, jak grawitacja, która marszczy wszechświat, albo jak spadająca kropla deszczu, która marszczy kałużę lub jezioro. Tylko że niektórzy odchodzą, zanim ta kropla spadnie.

Wróciłam wczoraj od mojego ginekologa zapłakana i pijana. Taksówkarz pytał, czy na pewno „nie odprowadzić pani pod same drzwi?". Zebrałam wszystkie siły i wymamrotałam: – Na pewno nie!

Podałam mu portmonetkę, aby wziął sobie za kurs. Myślałam, że tak będzie lepiej.

Mój samochód został na tym parkingu na godziny. W zasadzie chciałam wrócić autem. Ale tak wyszło. To nie pasuje do mnie. „Bo ty jesteś przecież tak cholernie zorganizowana" – mówi Andrzej.

Wczoraj upiliśmy się z moim ginekologiem. Mało kto upija się przy spowiedzi. Wszyscy myślą o pokucie. Ale ja upiłam się, bo myślałam głównie o grzechach. I potem on opowiedział mi o swojej żonie i płakał, i potem ja płakałam. I na dodatek mam menopauzę.

I dzisiaj jest jakoś inaczej. Nie poszłam do pracy. Zadzwoniłam, że się źle czuję. Nawet nie kłamałam. Bo czuję się dzisiaj jak wyciągnięta spod gruzów po trzęsieniu ziemi.

To wszystko przez tego lekarza i tę fotografię, którą przypadkowo znalazłam w kasetce. Andrzej i ja z nowo narodzonym Maćkiem na rękach. Czułość w formacie 7 x 11. Byliśmy tam we trójkę, ale tak naprawdę to tam ciągle byliśmy we dwoje. Już dawno nie jesteśmy. Całą wieczność już nie. Jakoś to się rozproszyło. Przy zdobywaniu pieniędzy, przy podwyższaniu standardu, przy zapewnianiu sobie starości. Spokojny dom odpowiedzialnych rodziców. Gdy Maciek zrobił maturę i wyjeżdżał na studia do Warszawy, uśmiechnął się do nas i powiedział: „No to macie teraz chatę wolną!".

Mamy.

Wolną, pustą, ogromną i zimną jak igloo.

Nie ma już tutaj śmiechu, hałasu, radości. Myślałam, że to należy do rodziny, a okazało się, że należało tylko do Maćka. Nie mamy nawet wiele słów, gdy Andrzej wróci z biura. I wtedy, gdy już jest wieczorem ze mną w tym pustym mieszkaniu bez hałasu, to... to wtedy... wtedy tęsknię za nim najbardziej.

Andrzej...

On nazywa to – ten czas, który jest za nami – spełnionym życiem. Dom pod lasem, syn na najlepszym uniwersytecie, murowany dom na lato na plaży. Po spełnionym życiu nie ma się już oczekiwań.

Ale ja mam!

Chciałabym pojechać z nim znowu do Paryża, a w niedzielę rano jeść z nim croissanty w łóżku i śmiać się z byle czego. Ale on miał już przecież spełnione życie i przeszkadzają mu okruchy w pościeli.

Nie!

Starość to nie tylko zmarszczki.

Pokazałam mu dzisiaj wieczorem to zdjęcie.

– Piękna rodzina – powiedział.

– Piękna para – powiedziałam i wzięłam jego twarz w moje dłonie i pocałowałam go delikatnie w koniuszek nosa. Wydaje mi się, że zrobił się czerwony.

Wczoraj dowiedziałam się, że to wcale nie zaburzenie, ale że ten okres przed sześcioma tygodniami to był mój ostatni. Nawet nie zadrżał mu przy tym głos. Ani przez milisekundę. Siedział przy tym swoim cholernie starym, cholernie drogim i cholernie drewnianym biurku, pisał te swoje łacińskie dyrdymały na mojej karcie pacjentki i tak od niechcenia rzucił mi za kotarę, za którą wkładałam rajstopy:

– To była pani ostatnia menstruacja.

Nawet mu nie zadrżał głos.

Zastygłam jak te postaci w filmach, gdy naciśnie się przycisk „pauza" w odtwarzaczu wideo. Nie mogłam się poruszyć.

Jak to? To już?

Tak bez fanfar, banalnie i bez ostrzeżenia przestałam być w wieku rozrodczym?

A przecież tak niedawno w domu dziadków zaciągnęłam moją siostrę na strych pełen pajęczyn i z dumą i w największej tajemnicy powiedziałam jej: „Dzisiaj dostałam... no wiesz!".

Przecież to tak niedawno...

„Spełnione życie".

Może Andrzej ma rację.

A może mój ginekolog.

„Bo czas jest, proszę pani, jak grawitacja albo jak spadająca kropla deszczu, która marszczy kałużę lub jezioro".

Po południu pojadę po samochód na parking.

Jeśli się znowu nie upiję.

Cykle zamknięte

Wyszli w morze z Halifaxu tuż po trzeciej nad ranem. Po sześciu godzinach i piętnastu minutach postoju.

Miał pecha. Losowali, wybierając numery z czapki drugiego oficera, kto może zejść na ląd. Przegrał. Ktoś musiał przegrać. Inaczej do obsługi całego trawlera zostałby tylko bosman i praktykant, który był tak mało ważny, że nawet nie miał swego numeru w czapce. Przegrał już drugi raz. Od dziewięciu miesięcy i czterech dni nie dotykał stopami ziemi. Bosman też nie brał udziału w losowaniu. Po prostu podszedł do Drugiego, bez słowa wyjął swój numer z czapki i zszedł do kabiny pod pokładem. Bo bosman nie lubił przegrywać.

Wzięli ropę, wodę, lód i żywność. Wymienili zepsuty silnik windy trałowej. Lekarz uzupełnił w kapitanacie portu zapas morfiny, całkowicie zużyty przez ostatnich sześć miesięcy, oraz jodyny i aspiryny. Morfina, aspiryna, jodyna. Kanadyjski lekarz portowy tylko kiwał głową.

Zaspany przedstawiciel polskiego armatora przyszedł tuż po północy z przedstawicielem Lloyda, ubezpieczyciela statku, aby oficjalnie odebrać od lekarza odciętą przez windę lewą nogę Jacka. Lekarz czekał przy trapie i gdy pojawił się ten z Lloyda, kazał bosmanowi wysłać praktykanta do chłodni. Chłopak w charakterystycznej czarnej pilotce zbiegł schodami i po kilku minutach wyszedł z zarzuconą na ramię zamarzniętą i pokrytą lodem kończyną. W czarnym, dziurawym nad piętą kaloszu, z odbijającymi się w świetle latarni na kei napisanymi koślawo srebrnym mazakiem inicjałami *JBL*, w poplamionej krwią jasnogranatowej nogawce drelichowych spodni. U góry, tak mniej więcej w połowie uda, tuż przy miejscu, gdzie stalowa lina windy odcięła nogę od korpusu Jacka, bosman skręcił postrzępione resztki drelichu stalowym drutem, zamykając ciało, jak zamyka się kawę w torebce, żeby nie uleciał aromat. Ubezpieczyciel wepchnął zamrożoną nogę do długiego foliowego worka, podpisał papier podsunięty przez lekarza i zszedł. Przedstawiciel polskiego armatora poszedł za nim. Idąc betonowym nabrzeżem wzdłuż ich trawlera, znaleźli się na wysokości mostka kapitańskiego, na którym stał i obserwował całe zdarzenie. Ubezpieczyciel zatrzymał się, podał foliowy worek drugiemu mężczyźnie, wyjął papierosy i zapalił. W tym momencie ten drugi powiedział coś i obaj roześmiali się głośno. Patrzył na to z mostku i chciało mu się wymiotować.

Pamięta dokładnie, jak to się stało. To było trzy tygodnie temu. W niedzielę. Tuż przed północą. Od rana wiało z północnego zachodu, ale nie na tyle mocno, aby nie łowić i mieć wolną niedzielę. Czwarty raz tego dnia wyciągali sieci. Hamulec windy nagle przestał działać. Szef trzeciej zmiany, który obsługiwał windę, krzyknął coś, ale zagłuszył go wiatr. Musieli zahaczyć o coś na dnie. Jacek stał najbliżej. Przez nieuwagę w rozkroku nad stalową liną prowadzącą od sieci poprzez slip do prowadnic i dalej do windy. Gdy sieci pociągnęły przeszkodę lub po prostu się na niej rozdarły, napięcie lin nagle gwałtownie spadło, opór stawiany windzie zniknął. Hamulec zaskoczył, gdy odcięta noga Jacka odleciała pod lewą burtę jak wycięta dorszowi wątroba. Pamięta, że bosman rzucił się w kierunku windy i wyciągnął Jacka tuż przed nakręceniem na bęben. Dopiero wtedy winda stanęła. Nie zapomni nigdy histerycznych wrzasków bosmana:

– Kurwa, Jacek! Coś ty zrobił?! Jacuś, co ty, Jacuś, nie uważałeś... Kurwa, Jacuś, nie uważałeś, Jacuś!!!

Z postrzępionej nogawki spodni Jacka wypływała pulsacyjnie krew, oblewając gumowy, oklejony łuskami fartuch bosmana. Bosman niósł Jacka na rękach, idąc tyłem w kierunku schodów prowadzących do mesy na rufie. Jacek obejmował jego szyję jak dziecko niesione na rękach po tym, jak przewróciło się i stłukło kolano, ucząc się jeździć na rowerze. W pewnym momencie bosman, nie mogąc utrzymać Jacka, podszedł do burty i oparł się o nią plecami.

– Jacuś, wszystko będzie dobrze. Zobaczysz, kurwa, Jacuś, wszystko będzie dobrze – mówił, patrząc na twarz Jacka. – Jacek, nie zamykaj oczu, proszę cię. Jacuś, nie rób mi tego i nie znikaj!

Podniósł głowę, spojrzał na zszokowanego i oniemiałego szefa trzeciej zmiany, stojącego cały czas przy drążkach windy trałowej, i wrzasnął:

– Do kurwy nędzy, rusz wreszcie dupę i przywlecz tu lekarza!!!

Szef schylił się, przeczołgał pod opuszczonymi dźwigniami i popędził na dziób, gdzie znajdowała się kabina lekarza okrętowego. Bosman dotknął ustami czoła Jacka i zaczął go delikatnie całować. Tuż przy nasadzie włosów. Delikatnie przesuwał wargi po czole Jacka i od czasu do czasu przyciskał je, zamykając oczy.

Bosman całował Jacka! Ten bosman, który nie tak dawno nie potrafił podzielić się z nimi w Wigilię opłatkiem, wstydząc się wzruszenia, i milczał, nie wiedząc, jak odpowiadać na życzenia i co zrobić z rękami, gdy inni go obejmowali, składając życzenia. Bosman, o którym nikt nie wiedział nic poza tym, że ma tatuaż z imieniem „Maria" na prawym przedramieniu, że spędził kilka lat w więzieniu w Iławie i że urodził się w Kartuzach. Tylko jedna osoba na statku mówiła do niego po imieniu. Reszta zawsze mówiła po prostu „Bos". Po imieniu mówił kapitan. Mimo to on zawsze odpowiadał mu: „Panie kapitanie".

Bosman należał do tego statku jak kotwica lub ta nieszczęsna winda trałowa. Był tutaj zawsze. Tak samo funkcjonalny jak kotwica. Wiedziało się o niej, że jest podwieszona pod burtą na dziobie i myślało się o niej tylko, gdy była potrzebna. O bosmanie myślało się jeszcze rzadziej. Był bardziej samotny niż samotna może być kotwica i czasami wydawało się, że nawet ona ma w sobie więcej emocji niż bosman. I dlatego teraz, gdy z taką czułością całował czoło Jacka, wszyscy patrzyli na to jak na coś, co ich zdumiewało, peszyło lub wprawiało w zakłopotanie. To tak, jak gdyby kotwica miała nagle wargi. Sam był zdumiony.

– Jacuś, kurwa, nie rób mi tego. Nie znikaj – krzyczał bosman, patrząc w twarz Jacka.

Raz tylko podniósł oczy i spojrzał na wszystkich, którzy zgromadzili się przy nim, i powiedział spokojnym głosem, nieomal szeptem:

– Jeśli lekarz nie będzie tutaj za minutę, to przepuszczę go przez tę windę. Zmielę skurwysyna na mączkę rybną i spłuczę do morza. – Gdzie on jest?!

W tym momencie pojawił się lekarz, a zaraz po nim kapitan. Lekarz boso, w białych kalesonach i szarym podziurawionym podkoszulku, wypchniętym przez brzuch. Miał w dłoni strzykawkę. Bez słów podniósł resztkę nogawki tuż nad miejscem, gdzie lina oderwała nogę, i wbił igłę. Bosman przytulił Jacka z całych sił do siebie. Tak jak przytula się dziecko przy szczepieniu. Żeby mniej bolało. Po chwili przyniesiono nosze i bosman zaczął delikatnie układać Jacka na szarym brezencie. Jacek nie chciał puścić go z objęć.

– Jacuś, puszczaj. Jacuś, musisz przemyć to jodyną. Jacuś, naprawdę musisz. Jacuś puść, kurwa. Musisz to przemyć – powtarzał bosman.

– Bos... – Jacek obudził się nagle – ona mnie zostawi. Teraz już na pewno.

Kapitan stanął za plecami bosmana i rozwarł ściśnięte na jego szyi dłonie Jacka; we dwóch ułożyli go delikatnie na brezencie noszy. Jacek wpatrywał się w oczy bosmana i powtarzał płaczliwym głosem:

– Bos, ona mnie zostawi...

Lekarz poszedł szybkim krokiem w kierunku mesy, z trudem utrzymując równowagę na zmytym lodowatą wodą pokładzie. Tuż obok mesy, w przerobionym z magazynku na żywność niskim, wilgotnym i chłodnym pomieszczeniu znajdował się prymitywny gabinet lekarski. Szef trzeciej zmiany i kapitan podążali za nim, dźwigając nosze.

Bosman usiadł na pokładzie, opierając się plecami o burtę. Schował głowę w dłoniach i siedział, milcząc. Wszyscy rozeszli się powoli, zostawiając go samego. Sieci musiały być wyciągnięte na pokład.

Pamięta, że po kilku minutach bosman wstał, otworzył metalową szafkę wiszącą tuż obok drzwi magazynku z rakietnicami sygnalizacyjnymi, wyciągnął brunatny zwój i odciął nożycami do metalu pół metra zardzewiałego drutu. Podszedł do burty, gdzie leżała odcięta noga Jacka, podniósł ją, przeciągnął drut przez drelich spodni i skręcił materiał na drucie, tak jak folię z opakowania czegoś sypkiego nakręca się na pasku z tektury lub tworzywa, aby zabezpieczyć przed zepsuciem albo rozsypaniem. Skręcając materiał na drucie, wyciskał z niego krew na swoje dłonie. Gdy skończył, wytarł je w fartuch i trzymając nogę Jacka przed sobą, poszedł do chłodni.

Jacek zawsze kochał złe kobiety.

Właśnie tak. Złe. I okrutne. Ale ta ostatnia, ta „która go na pewno zostawi" po tym, jak winda oderwała mu nogę, była z nich najgorsza. Wiedzieli to wszyscy. Nawet praktykant. Tylko Jacek nie. Ona traktowała go jak gdyby miał wieczną ospę lub różyczkę, a on przynosił jej za to róże.

Poznał ją w pociągu z Gdyni do Świnoujścia. Odwiedził matkę w Malborku i wracał przez Gdynię, aby następnego dnia wieczorem zamustrować na trawler wychodzący w morze.

Jacek robił się niesamowicie nerwowy, gdy nie miał kogoś, za kim mógłby tęsknić przez sześć miesięcy na morzu. Taki już był. Po tym, jak ostatnia kobieta uciekła od niego, nie zostawiając ani swojego adresu, ani złotówki na wspólnym koncie, Jacek wytrzymał tylko dwa rejsy bez „swojej kobiety" na lądzie. W trakcie pierwszego któregoś wieczoru zaczął po pijanemu wydzwaniać do matki, aby odnalazła mu za wszelką cenę tę kobietę, która opróżniła mu konto, i powiedziała jej, „że on to rozumie, że to w końcu tylko pieniądze i że on jej wybacza". Bo na statku, po sześciu miesiącach i tęsknocie, która jest u niektórych jak szkorbut, od którego wypadają zęby, można w nagłym ataku rozczulenia zapomnieć nawet największe zdrady. Na szczęście matka Jacka kochała go na tyle rozsądnie, aby skłamać, że mimo starań nie może odnaleźć tej kobiety, bo „na pewno jest w jakimś więzieniu".

W czasie drugiego rejsu „bez nikogo na lądzie" Jacek po prostu pił. Gdy tylko nie pracował, pił.

Wtedy w tym pociągu z Gdyni siedziała naprzeciwko i czasami spoglądała na niego ukradkiem. Była blada, smutna, milcząca, z cierpieniem wypisanym na twarzy; wydawało się, że potrzebuje pomocy. Była dokładnie taką kobietą, jakiej szukał Jacek. Uważał bowiem, że cierpiące kobiety przywiązują się do człowieka szybciej, mocniej i na dłużej. Tak jak jego matka, którą ojczym lał po pijanemu kablem od żelazka tak długo, aż wyszły na nią wszystkie kolory, a ona i tak trwała przy nim i szukała go po melinach, gdy nie wracał na noc.

Zanim dojechali do Świnoujścia, opowiedział jej wszystko o sobie i o tym, jak bardzo jest samotny. Wzięli wspólną taksówkę z dworca. Zatrzymał się niby tylko po to, by pomóc jej zanieść walizkę na górę. Po chwili zbiegł, aby powiedzieć taksówkarzowi, że dalej nie jedzie. Został na noc. Tego wieczoru nie zastanowiło go to, że w łazience wisi męski szlafrok i leżą przybory do golenia na półce nad pralką. Pierwszy raz kochał się z kobietą, którą poznał w pociągu przed kilkoma godzinami i pierwszy raz z taką, która akurat miała menstruację. Tamtej nocy po dwóch rejsach bez tęsknoty i tuż przed trzecim Jacek pomylił spełnione pożądanie ze spełnioną miłością. Rano obudziła go pocałunkiem i przez kilka minut tak nieprawdopodobnie czule gładziła jego włosy. Potem wzięła go do łazienki po drugiej stronie korytarza. Z ręcznikami w dłoniach, nago, przemykali się przez korytarz na klatce schodowej. Zamknęli drzwi na klucz i weszli oboje pod prysznic, gdzie robiła z nim rzeczy, jakie widział tylko na filmach wideo, które puszczał im czasami elektryk w swojej kabinie na statku. A potem dała mu swoje zdjęcie i książkę z wierszami. Przy pożegnaniu całowała jego dłonie i powtarzała szeptem, że będzie czekać.

Ale najbardziej poruszyło go to, że jest studentką. Bo Jacek miał niespełnione marzenie, że kiedyś skończy studia i będzie taki mądry jak brat jego ojca, do którego studentki i studenci mówią „panie doktorze". Poza tym był pewny, że jeśli studentka klęka przed nim pod prysznicem i robi to, co widział na filmach w kabinie elektryka, to... to musi być prawdziwa miłość. I to było takie cholerne wyróżnienie dla niego. Prostego rybaka. Że studentka i że właśnie przed nim klęczy pod prysznicem. Wziął jej fotografię w kopercie, książkę z wierszami i już w taksówce czuł, że wróciła tęsknota i że teraz może spokojnie wypływać i łowić wszystkie ryby tego świata. Miał wreszcie „swoją kobietę" na lądzie. Na całe sześć miesięcy tęsknoty.

Było dobrze po północy, gdy zamówił rozmowę u radiotelegrafisty. Ledwie kilka godzin po wyjściu w morze. Nie było jej w domu. Już pierwszej nocy. Wrócił do kabiny, oprawił książkę w gruby papier, aby się nie poplamiła, i zaczął uczyć się wierszy na pamięć.

Po trzech tygodniach umiał wszystkie. I tęsknił. Tak, jak należy tęsknić „na rybaku" za swoją kobietą. Z uroczystym zrywaniem kartki z kalendarza wieczorem, gdy minął kolejny dzień, z dotykaniem fotografii przypiętej pinezkami do ściany kabiny nad koją i z fantazjami na jej temat, gdy gasło światło w kabinie lub wyłączało się lampkę nocną nad koją. On zawsze fantazjował o tym prysznicu rano i o jej krwi na nim, kiedy kochali się w pierwszy wieczór, gdy ona miała menstruację. Nie o jej włosach, nie o jej piersiach, nie jej ustach i nawet nie o jej podbrzuszu. Fantazjował o jej krwi. Wydawało mu się, że dopuszczenie go do uczestnictwa w tym zdarzeniu, i to w taki sposób, jest jak odrzucenie absolutnie wszelkich granic. Taka ostateczna, nieskończona, bezgraniczna intymność. Nigdy nie pomyślał, że mógł to być po prostu przypadek i że takie coś normalnie jest przez mężczyznę i kobietę negocjowane, zanim nastąpi, i że z intymnością to ma raczej mało wspólnego, już raczej z higieną. Ale Jacek po tej nocy odjechał taksówką z książką pełną wierszy i marzeniami „o swojej kobiecie" na lądzie na następnych ponad sześć miesięcy samotności. I ta jej krew na jego ciele stała się dla niego symbolem. Najpierw nieprawdopodobna rozkosz, a zaraz potem krew. Nie jakaś tam nieistotna krew, jak z rozciętej ręki. To zestawienie było dla Jacka czymś zupełnie nowym. Miało coś z grzechu i świętości ofiary jednocześnie. Poza tym było niesamowitym tematem do marzeń.

Gdy przypomni sobie, jak Jacek opowiadał mu o tej krwi, wraca myśl o tym, że gdyby Freuda lub Junga można było w tamtych czasach wysłać z rybakami w rejs na dziewięć miesięcy pod Nową Fundlandię lub Wyspy Owcze, to po powrocie napisaliby zupełnie inne teorie.

To, co przeżywał Jacek, martwiło go bardzo, Jacek bowiem był jego przyjacielem i opowiadał mu to kiedyś w najdrobniejszych szczegółach, gdy sztormowali w jednej z zatok przy Nowej Fundlandii. Stali ukryci za skałami i czekali, aż uspokoi się wiatr, który przegonił ich i wszystkie inne statki z łowisk. Od trzech dni pili, nie wiedząc, jak poradzić sobie z czasem, który bez ryb i wyznaczającego rytm życia wyrzucania i wybierania sieci nagle tak boleśnie zwolnił swój upływ. W czwartym miesiącu rejsu najlepiej pomaga na to wszystko etanol i sen. Należy się upić i iść spać lub zasnąć tam, gdzie się piło.

Jacek znał już wtedy na pamięć wszystkie wiersze z książki od niej. Doznał już tylu rozczarowań, dzwoniąc do niej i jej nie zastając lub zastając ją i nie doznając od niej żadnej czułości. Pewnego dnia te rozczarowania przekroczyły wartość progową i Jacek przyszedł do niego z butelką wódki i opowiedział wszystko od początku do końca. O tej krwi także. Pamięta, że powiedział mu wtedy:

„Jacek, to, że kobieta ma okres i pozwala ci wejść w siebie, wcale nie znaczy, że jest stworzona dla ciebie i trzeba myśleć o ślubie z nią. Zaczekaj, aż wrócimy. Upewnij się, że czekała".

Dwa miesiące później Jacek upewnił się, że faktycznie czekała. Odebrała go taksówką spod statku. Okazało się, że nie mieszka już w tym mieszkaniu z łazienką przez korytarz, bo „właściciel wyrzucił ją za to, że późno wracała z biblioteki". Jacek uwierzył i wynajął jej nowe mieszkanie, i zapłacił za pół roku z góry. Na czas jego pobytu na lądzie zamieszkali razem. Prawie każdego wieczoru gdzieś wychodzili. Gdyby on nie go-

tował, czekając na nią, chyba nigdy nie zjedliby wspólnego obiadu. W dzień prawie jej nie było; tłumaczyła się zajęciami na
uczelni. Nawet w soboty. Nie czuł wcale, że ma „swoją kobietę". Tylko seks mieli wciąż tak niezwykły jak pierwszej nocy.
Pewnego razu poprosił ją, aby poszła z nim pod prysznic. Gdy
wrócili do sypialni i leżeli w łóżku, paląc papierosy, opowiedział
jej o swoich fantazjach i o krwi. Tak delikatnie, jak tylko potrafił. Parsknęła histerycznym śmiechem i powiedziała:

– Słuchaj, rybaku! Ty jesteś normalny perwers.

Pierwszy raz poczuł, że go zraniła. Po dwóch tygodniach wy-
jechała na obóz studencki. Został sam. Zdarzały się dni, że nawet nie dzwoniła do niego.

Zaczął tęsknić za statkiem. Siedział wieczorami w pustym
mieszkaniu przed telewizorem, słuchał ludzi, których nie znał,
i historii, które w ogóle go nie obchodziły, bo były dla tych
z lądu, pił wódkę i myślał o tym, co kiedyś powiedział mu jego
zupełnie pierwszy bosman, gdy mieli nocną psią wachtę. To był
statek szkolny, łowili u wybrzeży Chile. Bosman powiedział, że
rybak zawsze tęskni. Nieustannie. Tęskni w cyklu zamkniętym.
Tak to nazwał. Na statku tęskni za domem, kobietą lub dziećmi,
na lądzie za statkiem, który jest dla prawdziwego rybaka „jedynym miejscem, w którym ma się jeszcze jakieś znaczenie".

Ten bosman już dawno nie żyje, ale Jacek ciągle pamięta, jak
przysłuchiwał się mu, gdy stał odwrócony twarzą do echosondy,
rzucającej zielonkawy odblask na jego porytą zmarszczkami
chudą twarz.

– Bo widzisz, synku – mówił spokojnym głosem – wraca
człowiek po miesiącach do domu i przez tydzień jest tak, jak
gdyby każdego dnia była Wigilia. Tyle że bez choinki i kolęd.
Jest odświętnie, wszyscy są dla ciebie dobrzy, chcą ci sprawić jakąś radość i traktują cię jak prezent, który znaleźli pod choinką.
Ale potem Wigilia się kończy i po kilku dniach świąt wraca nor-

malny dzień. Dla nich normalny. Ale nie dla ciebie. Ty masz tak cholernie duże zaległości z tak zwanego życia codziennego, że zaczynasz to łapczywie, w pośpiechu nadrabiać. Sprawdzasz nieproszony dzieciakom zeszyty, wyciągając je bez pytania z tornistrów, chodzisz do nauczycielek do szkoły, mimo że nikt cię tam nie chce oglądać, a tym bardziej z tobą rozmawiać, i chcesz koniecznie grać w piłkę na podwórku z synem, mimo że to jest na przykład koniec stycznia. Poza tym chcesz każdego wieczoru wychodzić z kobietą do świata albo wchodzić z nią do łóżka. Nie możesz zrozumieć, że ją boli podbrzusze, bo ma dostać swoje dni, że wraca skonana z pracy, że jest na kolejnej diecie, przyzwyczajona do szklanki zielonej herbaty z cytryną i jogurtu bez tłuszczu zamiast wystawnej kolacji, serialu wieczorem w telewizji i spokojnego snu bez chrapania w dużym, pustym łóżku przy otwartym oknie w sypialni z szafą, w której nie ma żadnej półki, na której ty mógłbyś położyć swoje piżamy i swoją bieliznę.

Odpakowali cię, synku, jak prezent spod choinki, pocieszyli się tobą trochę i odstawili w kąt, bo mają ważniejsze sprawy na głowie. Kochają cię, ale tego nieobecnego. Tego, który dzwoni od czasu do czasu, przyjeżdża z prezentami, wysyła kolorowe widokówki z Makao koło Hongkongu i jest w ich życiu z krótką wizytą. Gdy wizyta się przedłuża, zaczynasz im po prostu przeszkadzać. Ale ponieważ ty, synku, nie jesteś normalnym gościem, co to się z wygody lub wyrachowania zapomina i zostaje zbyt długo, tylko ojcem, mężem lub narzeczonym, trudno ci powiedzieć to prosto w oczy. Jednakże ty to widzisz i tak jak oni w tajemnicy przed tobą czekają na twój wyjazd, tak ty w tajemnicy przed nimi czekasz, aby wrócić na statek. I tęsknisz. Tym razem za twoją kabiną, za kucharzem, co przypala jajecznicę w dwudziestym pierwszym tygodniu rejsu, kiedy statystycznie najwięcej rybaków wychodzi nad ranem za burtę, za napięciem i ciekawością, co wyciągnie winda trałowa z morza, ale także za radością zrywania kartki z kalendarza wieczorem. I gdy myślisz o tej kartce z kalendarza już tam, w swoim domu, ciągle jeszcze będąc na lądzie lub leżąc w łóżku przy swojej śpiącej kobiecie, to zamknąłeś w tym momencie cykl.

Ale ty jesteś młody, synku. Ty wcale nie musisz łowić ryb. Możesz wyjść z tego cyklu, nie jest jeszcze za późno.

Jacek jednak nie opuścił tego cyklu. Tak samo zresztą jak on. Bo każdy prędzej lub później spotka swojego mądrego bosmana od teorii zamkniętego cyklu. Ale mimo to uwierzy w nią dopiero całe lata później. I wtedy bardzo często jest już za późno, aby przerwać ten zamknięty cykl.

Jacek zawsze kochał złe kobiety.

Praktykant opuścił jeden rejs, bo złamał nogę. Miał przeczekać na lądzie i gdy noga mu się zrośnie, pływać tymczasem na pilotówkach wprowadzających statki do portu. A potem wrócić na trawler i zamustrować być może już nie jako praktykant, ale jako młodszy rybak. Poznał kobietę Jacka któregoś wieczoru, gdy po pijanemu zadzwonili z kolegą do agencji towarzyskiej w Świnoujściu. Taksówką przyjechały dwie dziewczyny. Pamiętał jej twarz z fotografii przypiętej nad koją Jacka. Pamiętał też wiersze, które Jacek czasami recytował, gdy się upił. I pamiętał, że Jacek nieraz nawet przy tym płakał. Bo praktykant „na rybaku" jest tak mało ważny, że nie tylko nie ma swojego numeru w kolejce do zejścia na ląd, ale nawet płaczą w jego obecności starsi rybacy.

Skłamał, że się źle czuje. Obie dziewczyny poszły do łóżka kolegi, który mamrotał coś po pijanemu. Dopił swój kieliszek wódki, zostawił swoją część zapłaty i wyszedł.

– Bos, ona mnie zostawi... Bos!!!

Wyszli w morze z Halifaxu tuż po trzeciej nad ranem. Po sześciu godzinach i piętnastu minutach postoju.

Obudził się około ósmej. Odkąd Jacka po tym wypadku zdjął z pokładu helikopter kanadyjskiej straży przybrzeżnej i przewiózł do szpitala w Halifaksie, był sam w kabinie. Wstał, wziął swój koc, koc z koi Jacka, włożył ciepłe granatowo-zielone skarpety, które zrobiła na drutach Alicja, wsunął do kieszeni paczkę papierosów i poszedł na dziób. Było jasne, że nie dotrą na łowiska i nie rzucą sieci przed południem.

Usiadł na pokładzie za windą kotwiczną, osłaniającą go od wiatru. W tym miejscu nie mogli go widzieć z mostku. Spojrzał na horyzont. Kompletna szarość. Zapalił papierosa. Ocean był czarnosiwy, połyskiwał martwym metalem, jak rtęć. Nad nim wisiał gigantyczny klosz z chmur. Było mroczno i ciemno. Wszystkie odcienie szarości. Wiatr namawiał do samobójstwa. Jedynie silnik przeszkadzał. Bywają takie momenty, najczęściej po sztormie i najczęściej na Atlantyku, przy martwej fali. Po południu. Klosz chmur odgradza słońce. Szarość wody niezauważalnie przechodzi w szarość powietrza. Gdyby wychylić się przez burtę, oderwać ręce od relingu, poddać się opadaniu i wznoszeniu na martwej fali i nie słyszeć silnika, to można mieć w tej szarości uczucie nieważkości. Tak jak gdyby czas się zatrzymał i przestrzeń nie miała punktu odniesienia. Wielu wychodzi w tę pustkę przez burtę i zatapia się w tej szarości. Robią to szczególnie chętnie, gdy ból życia zabija radość życia. Niby mimochodem, bo to przecież porażka dla rybaka, tak odchodzić, wychylają się trochę za bardzo i z pluskiem wpadają w tę szarość. Na zawsze. Nie nazwano jeszcze tego fenomenu ani tego stanu ludzkiego ducha, gdy po martwej fali przychodzi szarość. Nie nazwano tego ani w psychologii, ani przy wódce w kabinach na statku. Pewnie dlatego, że mało naukowców jest rybakami. Dopiero potem, wieczorem, przy kolacji w mesie zauważa się, że kogoś brakuje. Nawet nie wiadomo, gdzie szukać. Dlatego przeważnie nie zawraca się, zapisuje tylko w dzienniku pokładowym, że „liczebny stan załogi zmniejszył się" i wysyła fax do armatora z prośbą o powiadomienie rodziny.

Czasami też myślał o samobójstwie. Ale nie zrobiłby tego, wychodząc tak po prostu za burtę. Może przy Kapsztadzie, Mauretanii lub Wyspach Kanaryjskich. Ale nie tutaj. Przy Fundlandii. Tutaj bardzo zasolona woda ma najczęściej temperaturę poniżej zera stopni, a on po prostu nie znosi zimna. Alicja budziła się w nocy i okrywała go szczelnie kołdrą, żeby nie było mu zimno. Czasami wyrywało go to ze snu, otwierał oczy, przytulał ją i całował. A potem brał w dłonie jej zawsze zimne stopy. I tak często zasypiali. Bo bardzo dbali, aby żadnemu z nich nie było zimno. Ani w łóżku, ani w sercu. Więc on z pewnością nie wychyli się za bardzo nad zimną wodą przy Fundlandii. Jeśli już umierać, to gdy jest przyjemnie i w ogóle tak, jak się to lubi najbardziej. Przecież to byłoby ostatnie wspomnienie.

Myślał o samobójstwie głównie wtedy, gdy wracali na ląd. Wszyscy czekali uroczyście podnieceni, palili papierosy jeden po drugim, golili się drugi albo trzeci raz w ciągu ostatnich dwóch godzin, sprawdzali, czy prezenty zapakowane, choć były zapakowane i leżały równo ułożone w szafkach już od wejścia na Bałtyk w cieśninach duńskich – a jemu było przykro, że ten rejs się kończy.

Cztery lata temu też golił się dwa razy w ciągu dwóch godzin. I także dotykał prezentów od dawna zapakowanych. I żuł cztery gumy, aby Alicja nie wyczuła przy pocałunku, że pił z Jackiem wódkę po śniadaniu. Przybili do kei, a jej nie było. Po tumulcie powitania wszyscy się rozjechali, a jej nie było. Zadzwonił do jej matki do Poznania. Nikt nie odbierał. Po sześciu godzinach taksówką przyjechał jej brat.

Pożyczyła od niego samochód. Chciała zrobić miłą niespodziankę i ze Świnoujścia zabrać go samochodem i pojechać prosto do Gdańska, aby przedstawić go ojcu. Mieli wziąć ślub w Gdańsku. Pod Piłą ciężarówka z przyczepą, nie chcąc wjechać na nieoświetlony wóz z pijanym woźnicą, zaczęła gwałtownie hamować. Przyczepa stanęła w poprzek drogi, ale zanim się zatrzymała, zepchnęła skodę Alicji na wiadukt. Policjanci mówili, że zgniecione było wszystko, nawet obie tablice rejestracyjne, więc na pewno nie cierpiała.

Znali się pięć lat, zanim poprosił ją o rękę. Zamieszkali ze sobą w Poznaniu już po roku. Miesiąc po tym, jak zobaczył ją pierwszy raz nagą. Zabrała go na wystawę Warhola do Warszawy. Wynajęli pokój w hotelu. Zupełnie po ciemku weszła do łazienki, a gdy wróciła, on szukał zegarka, chcąc sprawdzić, która jest godzina, i zapalił lampkę na stoliku. Stała przed nim zaczerwieniona ze wstydu, a on, nie mogąc ukryć zażenowania, spuścił głowę i nie patrzył. Od tego wieczoru tak naprawdę czuł, że jest jego kobietą.

Nikt nie potrafił czekać tak jak ona. Nikt. On wypływał na miesiące, a ona czekała. Zrywali kartki z kalendarza razem. Umówili się, co do godziny. Ona wieczorem w sypialni w wynajętym maleńkim mieszkaniu na poddaszu, a on koło Islandii, Labradoru lub Wysp Owczych. Dlatego jego dzień kończył się przeważnie zaraz po południu.

Oprócz tych samych tekstów po drugiej stronie kartki z kalendarza czytali także te same książki. Nauczyła go czytać je. Potem nauczyła je kochać. Z zazdrością mówiła o całym tym czasie, który on ma na trawlerze, i przeliczała te miesiące na książki, które przeczytałaby. Zrobiła całą listę książek, które „prawdziwy mężczyzna musi przeczytać przynajmniej raz w życiu". Opowiadała mu niby żartem, że rybacy mają wiele wspólnego z literatami. Tak samo często są alkoholikami jak prozaicy i tak samo często samobójcami jak poeci. Opowiadała z przejęciem swoje sny, w których mieszkała w małym domku z bujanym fotelem i kominkiem, z książkami Marqueza, Kafki, Camusa i Dostojewskiego na półce. Bo Alicja chciała, aby jej mężczyzna był dobrym i mądrym człowiekiem. I aby mogła być z niego dumna. I wierzyła, że rybak także może być mądry. Bo przecież „dobry to on jest z definicji".

Kupowała mu książki, pakowała w tajemnicy przed nim do walizek, torby i jego worka marynarskiego. Potem odnajdował je w złożonych spodniach, pomiędzy skarpetami i bielizną, zatopione w foliowej torbie pod kilogramami krówek, które tak lubił, lub w kartonach z butami, które mu kupiła. W portach lub gdy przybijali do statku bazy, aby wziąć lód, wodę, wymienić sieci czy usunąć awarię, zawsze czekały na niego listy i przesyłki z książkami. Nie miał gdzie ich trzymać w ciasnej kabinie dzielonej z Jackiem. Kiedyś zapytał stewarda, czy może postawić je na tej pustej półce nad telewizorem zaraz przy wejściu do oficerskiej mesy.

– Oczywiście, że możesz. Książek ta banda nie czyta, więc ci nie ukradną. Oni wolą pornosy u elektryka.

Steward się mylił. Bardzo się mylił. Już po tygodniu książki zaczęły znikać z półki. Po kilku dniach wracały. Oficjalnie nikt w rozmowach przy posiłkach, w kabinach przy wódce albo przy pracy na pokładzie nie przyznawał się, że czyta książki z półki w mesie. Po miesiącu półka stała właściwie cały czas pusta. Co kto położył tam książkę, znikała. Sprawa nagłośniła się, gdy wyszło na jaw, że trzeci mechanik trzyma książki tygodniami w swojej kabinie i na dodatek podkreśla długopisem całe fragmenty tekstu. Rozpoznał to lekarz, u którego mechanik kwitował tym samym długopisem odbiór apteczki dla maszynowni.

Kiedyś przy kolacji lekarz, jak zawsze podniecony – niektórzy twierdzili, że regularnie wykrada morfinę z przeszklonej szafki w gabinecie i tylko dla niepoznaki wypija pół butelki piwa, aby cuchnąć alkoholem – zaczął dyskutować o polityce z radiowcem. Jak zawsze przy tym temacie zaczynała się najprawdziwsza uliczna pyskówka. W pewnym momencie trzeci mechanik, siedzący po przeciwnej stronie stołu, poparł radiowca. I wtedy lekarz wrzasnął na całą mesę:

– A ty kurwa co? Myślisz, że książki to twoje zaświadczenie o poczytalności, na którym możesz sobie podkreślać fragmenty, z których wynika, że nie masz jeszcze szajby? Poza tym już dwa tygodnie trzymasz „Bębenek..." Grassa pod swoją obślinioną poduszką. Co ty, onanizujesz się do tego Grassa?! Pornos u elektryka już ci nie wystarcza?!

W ten oto sposób wyszło na jaw, że rybacy w wolnych chwilach, nawet jeśli niechętnie się do tego przyznają, czytają Grassa, Hemingwaya, Dostojewskiego, Remarque'a, ale także Ankę Kowalską i Chmielewską. Alicja śmiała się, gdy po powrocie z tego rejsu opowiedział jej tę historię.

Ona tak cudownie się śmiała. Ostatnio myślał, że najgwałtowniej pożądał jej właśnie gdy się śmiała. Ona chyba rozpoznała ten mechanizm, być może podświadomie, często bowiem najpierw prowokowała go, aby ją rozbawiał, a potem trafiali zaraz do łóżka.

Nigdy nie wątpiła w jego wierność. Zawsze broniła swojego prawa do tej wiary. Nigdy nie zapomni, gdy kiedyś przy wódce jej brat z dumą w głosie powtórzył mu to, co Alicja odpowiedziała kiedyś zapytana zgryźliwie przez zawistną koleżankę, czy ona naprawdę wierzy, że jej rybak jest wierny przez te wszystkie długie miesiące: „Moja droga, oczywiście, że jest mi wierny. Ale mimo to się martwię. Bo jak pomyślę, że jakaś kurwa bierze mu go do ust i robi to nie tak, jak on to lubi, to po prostu jako normalna kobieta się wściekam".

Opowiadano mu później, że ta pytająca koleżanka zakrztusiła się ciastem, słysząc odpowiedź, a to jej „jako normalna kobieta" rozniosło się wkrótce po Poznaniu i było opowiadane na niektórych przyjęciach jako anegdota.

Bo Alicja taka była. Niezależna. Mądra. Piękna. Kochająca życie. I kochająca jego. I dlatego on nigdy nie popełni samobójstwa. Ani tu, ani u brzegów ciepłej Mauretanii, ani nigdzie indziej. Bo wtedy przecież skończyłyby się mu wspomnienia. Takie jak na przykład to, gdy mówiła: „Bo gdy ty jesteś, to dni tak uciekają, jak ziarnka maku z dziurawego wiadra. A potem wyjeżdżasz i to wiadro się nagle zatyka, i mam wrażenie, że ktoś w nocy w tajemnicy przede mną przychodzi tutaj i dosypuje mi maku do tego wiadra".

Dla takich wspomnień warto żyć, nawet jeśli nie ma z kim zamykać cyklu. I dlatego, że wspomnienia zawsze będą nowe. Wprawdzie nie można zmienić przeszłości, ale można zmienić wspomnienia.

„Bo gdy ty jesteś, to dni tak uciekają, jak ziarnka maku...".

Usłyszał kroki za sobą. Ktoś wchodził metalowymi schodami na pokład dziobowy. Pośpiesznie wytarł łzy nasadą dłoni, w której trzymał papierosa. Dym dostał mu się do oczu, przez co stały się jeszcze bardziej czerwone. Bosman przeszedł obok szalupy. Nie zauważył go. Poszedł na dziób, usiadł na odrapanym słupku cumowniczym i zapatrzył się w morze. Był w roboczych granatowych spodniach podtrzymywanych przez elastyczne, postrzępione na krawędziach gumowane szelki, skrzyżowane na plecach. Oprócz spranego podkoszulka nie miał na sobie nic więcej. A było z dziesięć stopni mrozu i wiał silny wiatr.

Obserwował bosmana, ukryty za szalupą. Gdyby miał opisać go jednym zdaniem, powiedziałby, że bosman jest po prostu ogromny. Jak dotąd nie spotkał – a pływał na wielu statkach – tak dużego i silnego mężczyzny. Miał ogromne ręce. Tak duże, że nie mógł nosić zegarka, paski bowiem były zbyt krótkie, aby którykolwiek z nich dało się zapiąć na najbardziej ostatnią dziurkę. Jacek zamówił kiedyś dla niego, gdy zatrzymali się na jedną dobę w Plymouth w Anglii, specjalny pasek w sklepie jubilerskim, i podarował mu zegarek na urodziny. Bosman był tak rozczulony faktem, że ktoś pamiętał o jego urodzinach, że miał łzy w oczach, gdy odbierał ten zegarek od Jacka; nosił go potem zawsze i wszędzie. Patroszył w nim ryby, zalewając krwią, chodził z nim pod prysznic, miał go przy wyciąganiu sieci. Któregoś dnia pasek po prostu pękł i bosman zgubił zegarek. Przez dwa dni go szukał. Na kolanach przesuwał się metr po metrze po pokładzie od dziobu do rufy i od rufy do dziobu i szukał. Był nawet w maszynowni, do której nigdy nie zaglądał. Kiedyś po pijanemu odważył się i przyszedł do ich kabiny przepraszać Jacka, że on, „kurwa, taki dobry był dla niego i dał mu ten zegarek, a on go jak szczeniak posiał". Bo Bos czuł, że należy być wdzięcznym za dobroć.

Patrzył teraz na bosmana siedzącego bez ruchu jak posąg i zastanawiał się, czy jego też na ten słupek cumowniczy przygnała myśl o jakiejś kobiecie. Gdy tak się zastanowić, to w tym pływającym więzieniu, którego lokatorzy mają umowę o pracę, prawo do strajku i minimum czterech godzin snu na dobę, a do swojej dyspozycji kucharza i stewardów, telewizję, elektryka udostępniającego kasety i swój odtwarzacz, najwięcej napięć i smutku generowały kobiety. Kobiety, których tutaj wcale nie było. Jak pamięta, najwięcej zła rybakom wyrządzały kobiety. Te nieobecne.

Pierwszy raz odczuł to, kiedy jeszcze był w technikum. Dawno temu, kiedy fortuny w rybołówstwie rodziły się nie ze sprzedaży dorszy lub morszczuków, ale ze sprzedaży parasolek automatycznych dla tych wylęknionych w Polsce i kokainy

145

w Rotterdamie dla tych, którzy poszli na „całą całość". To była Wigilia. Miał siedemnaście lat. Nawet nie był jeszcze praktykantem. Dopływali do przetwórni zakotwiczonej na Morzu Barentsa, aby opróżnić swoje ładownie. Stał na mostku i trzymał ster. Przez osiem godzin Wigilii, od pierwszej gwiazdki do pasterki wpatrywał się w żyrokompas, aby nie zboczyć z kursu o więcej niż plus minus cztery stopnie. Odkąd rozpoczął wachtę, na mostek przychodzili rybacy. Jeszcze we wrześniu, tuż po wyjściu w morze z Gdyni, zamówili u radiooficera rozmowę z Polską w Wigilię. Każdy nie więcej niż trzy minuty. Bez gwarancji połączenia, bo „to zależy, gdzie będą w Wigilię". Mieli szczęście, bo znaleźli się w miejscu, gdzie był odbiór. Radiostacja jest tuż przy radarze, prawie w samym centrum mostku. Na mostku jest Pierwszy, Kapitan, bo to Wigilia, radiooficer i „ten szczeniak przy sterze". Odbiór jest tak zły, że przypomina zakłócany odbiór Radia Wolna Europa w czasach, gdy Europa nie była jeszcze wolna.

Na mostek przychodzi rybak. Jest trochę zdenerwowany. Ma swoje trzy minuty, na które czekał od Zaduszek, i ma przy kapitanie, radiooficerze i „tym szczeniaku przy sterze" między trzaskami radia powiedzieć, że tęskni, że jest mu źle, że to ostatnia Wigilia bez nich lub bez niej, że ma już wszystkiego dosyć, że chciałby przytulić ją i martwi się, bo długo nic nie pisała. Ale najbardziej chce jej lub im powiedzieć, że jest lub są dla niego najważniejsi. I chce usłyszeć, że on także jest najważniejszy. W zasadzie tylko to jedno jedyne zdanie chce usłyszeć. I wcale nie musi być tak wprost. A tymczasem w ciągu swoich trzech minut, na które czekał od Zaduszek, dowiaduje się, że „mama już nie chce tej halki, o którą go prosiła", że „nie ma kupować tych kremów, bo dostała je w Polsce" i że „gdyby przez Baltonę przysłał pomarańcze, to chłopcy by się cieszyli". Wychodzi rybak po swoich trzech minutach na wiatr w wieczór wigilijny i ma tak potłuczoną duszę, że nie pomaga mu ani etanol, ani sen. I pozostaje dla pewności w kabinie i nie wraca na wiatr, aby nie dostać znowu jakichś głupich myśli. Bo tak naprawdę po zejściu z tego mostku chciał iść na sam koniec rufy trawlera. Albo jeszcze dalej.

To było bardzo dawno. Teraz już na szczęście tak nie jest, żeby rozmawiać ze swoimi kobietami o pomarańczach i kremach przy „szczeniakach" stojących przy żyrokompasie. Teraz dba się o prywatność i stosunki międzyludzkie. Mają przecież na statku związki zawodowe. Poza tym świat zmienił się na lepsze. Ostatnio nawet widział, jak pierwszy oficer kupił sobie w Bremerhaven telefon komórkowy z satelitarnym GPS i mógł rozmawiać z kim chciał i jak długo chciał z pokładu na dziobie. Tyle tylko że pierwszy oficer i tak nie miał z kim rozmawiać.

Jeśli się nie mylił, ostatnią kobietą, z którą rozmawiał bosman, była sędzina sądu rejonowego w Elblągu. To nie była długa rozmowa. Ona spytała go na sali sądowej pełnej ludzi, czy przyznaje się do winy. On cichym głosem odpowiedział: „Oczywiście" i wtedy ona skazała go na pięć lat więzienia za „ciężkie pobicie z trwałym uszkodzeniem ciała".

Bosman przed wielu laty pobił męża kucharki ze stołówki w Domu Rybaka w Gdańsku-Wrzeszczu, gdzie mieszkał przez dziewięć miesięcy, gdy lekarz zakładowy nie podpisał mu książeczki zdrowia po tym, jak stwierdził migotanie przedsionków i arytmię serca.

Bosman miał migotanie i arytmię serca, kiedy go pierwszy raz lekarze dokładniej zbadali w domu dziecka, tyle tylko że i migotanie, i arytmia były incydentalne. Ostatnio przychodziły i odchodziły po kilkunastu godzinach, jeśli powstrzymał się od picia. Traf chciał, że miał długi incydent akurat w trakcie obowiązkowych badań lekarskich. Ponieważ rybak musi być zdrowy i silny, przenieśli go tymczasowo na ląd. Miał pracować w przetwórni „na taśmie" i leczyć sobie serce. I wtedy dopiero bosman zachorował na serce.

Nawet „na taśmie" wszyscy mówili do niego „Bos". I w Domu Rybaka także. I ona mówiła do niego „Bos". Stała za szybą w okienku w stołówce i wydawała obiady. Miała nienagannie czysty biały fartuch, usta pomalowane krwistoczerwoną szminką, włosy związane jedwabną chustką i miała na imię Irena. Tak jak jego matka. Zawsze dawała mu podwójne porcje i zawsze uśmiechała się do niego, czerwieniąc się, gdy dłużej patrzył w jej oczy. Czasami znikała na kilka dni; wtedy wypatrywał jej i było mu smutno. Potem wracała za szybkę i często miała siniaki na rękach lub twarzy. Pewnego wieczoru czekał na nią przy śmietnikach, gdzie było tylne wyjście z budynku stołówki. Odprowadził ją do autobusu. Poszli dokoła parku, żeby było dalej. Potem czekał przy śmietnikach już każdego wieczoru. Po kilku tygodniach nie wsiadała w ogóle do autobusu. Całą drogę do jej domu szli pieszo i rozmawiali. Wracał sam, tą samą drogą, do Domu Rybaka i przypominał sobie każde jej słowo.

Po pewnym czasie zauważył, że jedyne, co ma dla niego sens, to czekanie najpierw na obiad, a potem na wieczór. Po kilku tygodniach Irena zniknęła. Bez słowa. Czuł się wtedy dokładnie tak samo, jak czasami czuł się w domu dziecka, gdy zostawał sam, jeden jedyny, na ławce w holu i pani kierowniczka zabierała go do gabinetu, dawała kredki i papier do rysowania, aby się czymś zajął i nie było mu smutno. A on miał wtedy ochotę rysować tylko cmentarze.

Gdy wróciła po tygodniu z bandażem na ręce i opuchniętą wargą, odważył się i zapytał. Opowiedziała mu o swoim mężu.

Słuchał jej i przypominał sobie, że najgorsze, czego nie mógł znieść w domu dziecka, to gdy wytatuowany gnojek zupełnie bez powodu tłukł malucha, który sięgał mu do łokcia. Przechodzili przez park. Przytulił ją. Drżała. Była taka mała. Taka krucha.

Uczył się, jak jej to powie. Cały tydzień się uczył. Wracał z taśmy, zmywał smród ryb z siebie, zamykał pokój na klucz, aby mu nikt nie przeszkadzał, golił się, ubierał się w garnitur, który dał sobie uszyć, bo jego rozmiaru nie było w żadnym sklepie, wkładał krawat, stawał przed lustrem i uczył się, jak powiedzieć, że ją bardzo prosi, że już nigdy nikt jej nie uderzy i żeby ona... no, żeby ona jego... no, żeby chciała...

To nie był żaden szczególny dzień. Po prostu nie poszedł do przetwórni. Włożył garnitur i krawat. Czekał z kwiatami, jak zawsze przy śmietnikach. Nie zdążył jej powiedzieć. Dochodzili do parku, gdy podjechała taksówka i zahamowała z piskiem opon. Wyskoczył z niej mężczyzna, podbiegł i pięścią uderzył ją w twarz. Osunęła się bez słowa na trawnik. Mężczyzna zamierzył się, by ją kopnąć. Bosman rzucił kwiaty i złapał mężczyznę tak, jak łapie się dużego dorsza przed wbiciem mu noża i rozcięciem podbrzusza. Potem uderzył jego twarzą o swoje kolano. I jeszcze raz. I jeszcze. Spojrzał na jej zakrwawioną twarz i rzucił nim o trawnik. Podbiegł do niej i wziął na ręce. Nawet nie płakała. W tym momencie podjechał radiowóz wezwany przez taksówkarza.

Jej mąż miał połamaną szczękę i obojczyk, złamany nos, wstrząśnienie mózgu, rany tłuczone czaszki i złamane żebro z przebiciem prawego płuca.

Bosman wyszedł po trzech latach. Ona nie odwiedziła go w więzieniu ani razu. Rok po wyjściu z Iławy przypadkowo spotkał kapitana, który jechał z Gdańska do Świnoujścia przejąć statek, i zatrzymał się, czekając na przesiadkę, w Słupsku.

A właściwie to kapitan go spotkał. To było w dworcowej hali, około piątej rano. Po ścianą dworca tuż przy zamkniętym kiosku Ruchu siedziała grupa bezdomnych. Pijana kobieta w zaszczanych spodniach klęła i wyzywała od najgorszych ogromnego mężczyznę z krwawym opatrunkiem na nosie, z butelką piwa w dłoni i papierosem w ustach. Kobieta podbiegała do mężczyzny, kopała go, uderzała pięściami i natychmiast uciekała. Gdy podbiegała, aby kopać olbrzyma, inny mężczyzna – niski, w czarnej ortalionowej kurtce z napisem Unloved na plecach – wbiegał między nich, nieporadnie próbując ich rozdzielić. W pewnym momencie kobieta stanęła i powiedziała coś niewyraźnie, mężczyzna w kurtce odsunął się, olbrzym wyjął papierosa z ust i podał kobiecie. Ta zaciągnęła się głęboko. Przez chwilę patrzyła na papierosa, a potem oddała go olbrzymowi i jak gdyby nic się nie stało i nie było tej przerwy, z okrzykiem „Ty skurwysynu jeden" podbiegła, aby go dalej kopać. Kapitan podniósł walizkę i podszedł bliżej, by przyjrzeć się tym ludziom. Wtedy go poznał.

– Andrzej, no co ty... Z kobietą się tłuczesz? Bos, no co ty... Kurwa. Bos!!!

Mężczyzna z opatrunkiem na nosie odwrócił głowę. Kobieta wykorzystała moment jego nieuwagi, podbiegła i z całej siły uderzyła go otwartą dłonią w twarz, przesuwając opatrunek z nosa. Olbrzym zignorował cios. Stał ze spuszczoną głową jak przyłapany na kłamstwie mały chłopiec.

– Panie kapitanie... Ja jej nie dotknę. Przecież pan wie, że nie. Ona tak zawsze. Nad ranem wpada w szał, to pozwalam jej, aby się na mnie rozładowała.

Kapitan zabrał bosmana z hali dworcowej w Słupsku i przywiózł pod statek. Kazał mu się najpierw wykąpać, a po kąpieli lekarz zmienił mu opatrunek na złamanym nosie. Potem kapitan opóźnił dobę wyjście w morze, aby bosman mógł załatwić wszystkie formalności związane z zamustrowaniem go na statek i przyjęciem do pracy. Tak naprawdę to wszystko było załatwione, gdy kapitan zadzwonił do jednego z dyrektorów u armatora – kolegi ze studiów w szkole morskiej – i powiedział, że bez bosmana to on „wyjdzie na spacer, a nie w morze" i że on to „pierdoli, że Bos jest karany, bo rybom to spływa równo po skrzelach, czy wyciągają je z morza karani czy ministranci".

Odtąd bosman jest jak kotwica na tym statku. I wie już raz na zawsze, że kobiety to ból. Najpierw przy tatuowaniu ich imion na przedramieniu, a potem przy wspominaniu.

W końcu bosman podniósł się ze słupka cumowniczego, stanął przy burcie i patrząc w horyzont, przeżegnał się. Po chwili wrócił schodami na śródokręcie.

Pływał z bosmanem już tyle lat, ale dopiero teraz, ukryty za szalupą, dowiedział się, że ma on coś wspólnego z Bogiem.

Wiatr powoli cichł.

Zapalił kolejnego papierosa, wsunął się głębiej pod windę i okrył szczelnie kocem.

Na statkach, na których pływał, było mało Boga. Rybacy są raczej zabobonni niż religijni. Mimo skrajności warunków życia, stałego niebezpieczeństwa i poczucia zagrożenia oraz swoistego pustelnictwa, za które, nie bez racji, uważał pływanie – po siedmiu miesiącach rejsu osiemdziesięciu facetów na statku traktuje się raczej jako współwięźniów lub braci z zakonu niż towarzyszy podróży – nie zetknął się z wyrazistymi przejawami religijności na statkach. Owszem, wiszą krzyże w mesach, niektórzy mają książeczki do nabożeństwa w szafkach, wielu nosi medaliki i krzyżyki na łańcuszkach, ale sam Bóg i wiara nie są prawie nigdy tematem rozmów i nie ma demonstrowania uczuć religijnych. Ale one są i nieraz religijność miesza się z instynktami i jeśli stanie się tak na statku, z którego nie ma jak uciec, często zdarzają się tragedie.

Łowili pod Alaską. Po siedemdziesięciu dniach weszli w nocy na krótko do Anchorage, aby zostawić w szpitalu chorego z podejrzeniem zapalenia wyrostka robaczkowego. Na zastępstwo armator znalazł czekającego na jakiś statek Filipińczyka. Wprawdzie od pewnego czasu pływali na statkach z polskimi załogami także cudzoziemcy, więc nie było to aż tak bardzo dziwne, niemniej często zdarzały się konflikty i armator amerykański wiedział, że „Polacy najbardziej lubią kłócić się ze swoimi".

Filipińczyk był drobny i niski. Nosił okulary i z daleka, gdy stał na kei, ubrany w granatowy garnitur i białą koszulę, wyglądał jak chłopiec idący do pierwszej komunii. Nikt nie chciał go przyjąć do swojej kabiny, więc zesłali go do praktykantów na dziobie. Wszyscy wiedzieli, że to straszna niesprawiedliwość, bo kabina praktykantów była najmniejsza na statku. Miała wprawdzie trzy koje, ale ta trzecia zastępowała praktykantom szafę, na którą nie starczyło miejsca. Pamięta, jak kiedyś młody motorzysta, który przez miesiąc mieszkał w tej kabinie, żartował przy obiedzie:

„Ta kabina jest tak mała, że gdy miałem erekcję, musiałem otwierać drzwi na korytarz".

Praktykanci zdjęli swoje rzeczy z najwyższej koi, poupychali gdzie się dało i Filipińczyk mógł pójść spać. Następnego dnia, gdy praktykanci jedli obiad, Filipińczyk, nie pytając nikogo o zgodę, zdjął wieżę stereofoniczną jednego z nich i na jej miejscu, tuż przy umywalce, ustawił ołtarzyk. Normalny zminiaturyzowany kościelny ołtarz. Ze schodami, krzyżem, na którym wisiał miniaturowy Chrystus z przerobionej lalki Ken, przybity miniaturowymi gwoździami i w miniaturowej koronie cierniowej, zrobionej z cienkiego sznurka usztywnionego pastą do butów i kawałków wykałaczek. Wokół krzyża zwisał czarny przewód z czerwonymi i oliwkowymi diodami, które migotały nieregularnie. Bateria zasilająca diody leżała przy figurze klęczącej Matki Boskiej, zrobionej z lalki o skośnych oczach. Lalka była owinięta skrawkiem białego płótna spiętego agrafką na plecach i w miejscu, gdzie sterczały nieproporcjonalnie duże piersi, namalowane zostało czerwoną farbą duże serce przebite cierniami.

Gdy praktykanci wrócili z obiadu, Filipińczyk klęczał i modlił się na głos, kolorowe diody migotały na miniaturowym ołtarzyku, a cała kabina wypełniona była dymem kadzidła, które tliło się w szklance do płukania ust stojącej na umywalce.

Filipińczyk okazał się ortodoksyjnym katolikiem – popołudniowa modlitwa należała do rytuału dnia powszedniego. Nie mógł zrozumieć, że oni inaczej wyobrażają sobie wiarę w Boga. Wyciągał z kieszeni portfel, w którym nosił zdjęcie papieża, i całował je przy nich.

Gdy wiadomość rozniosła się po statku, wszyscy przychodzili do kabiny praktykantów i tylko kiwali głowami, a Filipińczyk siedział na najwyższej koi pod sufitem i uśmiechał się dumny, i składał ręce do modlitwy.

Filipińczyk był dobrym rybakiem. Potrafił jak oni godzinami patroszyć dorsze, zawsze chętnie przynosił, zapalał i wkładał w usta papierosy i zawsze śmiał się, gdy inni się śmiali. Po trzech tygodniach umiał we właściwym momencie powiedzieć „kurwa" i na prośbę praktykantów zrezygnował z palenia kadzidła w kabinie. Zaczęto go nawet lubić i zapraszać na pornosy do kabiny elektryka. Ale po tygodniu zrezygnowano, bo w trakcie projekcji dyszał z podniecenia tak głośno, że robiło się jakoś tak nieswojo.

Po sześciu tygodniach elektryk przyłapał Filipińczyka na dziobie.

To wtedy przyszedł do kabiny, wywołał go na korytarz i powiedział:

– Słuchaj, Żółty chodzi po dziobie ze spuszczonymi spodniami i pokazuje światu swoją fujarę! Jak Boga kocham. Naprawdę. Właśnie wracam z dziobu. Normalny exi! Tego tylko nam brakowało.

To było oczywiście absurdalne. Ekshibicjonista na „rybaku"! Steward, który dzielił kabinę z elektrykiem, zaraz dodał: „Katolicki ekshibicjonista na rybaku". Z drugiej strony, dlaczego akurat wszyscy spośród przypadkowo zebranych ponad osiemdziesięciu mężczyzn odsuniętych na długie miesiące od normalnego seksu mają być heteroseksualni i jak to mawiała Alicja, „katolicko-heteroseksualnie poprawni?".

To, że elektryk nie zareagował natychmiast i udawał przy Filipińczyku, że przygląda się jego fujarze, zachęciło go do powtórki.

Czyhali na niego. Prosił, aby tego nie robili. Nie usłuchali. Polowali na niego. Tego dnia jak zwykle zaczaili się po kolacji. Było już ciemno. Elektryk wyszedł z papierosem w ustach na dziób. Filipińczyk wyłonił się w pewnej chwili z ciemności i stanął przy windzie. Wtedy zapalili wszystkie reflektory na dziobie, łącznie z tym najsilniejszym przy bomie ładunkowym, i skierowali na Filipińczyka, stojącego z opuszczonymi do ziemi spodniami. Pierwszy mechanik włączył syrenę alarmową, a praktykanci zaczęli krzyczeć po angielsku przez megafony. Filipińczyk był tak przerażony, że zaczął oddawać mocz. Stał ze sterczącym prąciem i sikał, trzęsąc się przy tym jak epileptyk. Niespodziewanie podniósł spodnie, podbiegł do burty i skoczył.

Gdy wciągnęli go na pokład, był tak wychłodzony, że lekarz wątpił, czy przeżyje. Przeżył. Odstawili go pośpiesznie do Anchorage. Dwaj sanitariusze amerykańskiego Blue Cross znieśli go na noszach do szpitalnego ambulansu, który podjechał pod statek. Praktykanci taszczyli za nim zapakowany w karton miniaturowy ołtarzyk. Kapitan wystąpił do izby morskiej, aby pierwszego mechanika ukarać odebraniem licencji za „bezzasadne, narażające życie członka załogi użycie syreny alarmowej". Do elektryka już nikt do końca rejsu nie przyszedł na pornosy.

Chociaż o incydencie z Filipińczykiem wszyscy chcieli jak najszybciej zapomnieć i nie wracali do tego, to właśnie po tym rejsie pierwszy raz tak prawdziwie głęboko i poruszająco rozmawiał na temat Boga.

Wracał z łowisk do Polski. Siedział w samolocie z Anchorage do Moskwy – ostatnio często wynajmuje się całe załogi obcym banderom i transportuje się je na statek samolotami – w pierwszej klasie, obok kapitana, którego znał jeszcze z rejsów szkolnych. Prawdziwa legenda polskiego rybołówstwa. Po Królewskiej Szkole Morskiej w Szkocji, ponad czterdziestu latach pływania i po krótkim epizodzie rektorowania w Polsce szkole morskiej, w której bez morza wytrzymał tylko dwa lata.

Rozmawiali prawie całą drogę. O Bogu i religii też.

– Bo widzi pan, panie oficerze – kapitan miał zwyczaj zwracać się do wszystkich „per panie oficerze", nawet do praktykantów – ja zacząłem wierzyć w Boga dopiero dwa lata temu, po tym, jak zmarła moja żona – powiedział, spoglądając za okno. – Mając ją, nie potrzebowałem żadnego Boga. Tyle razy mnie prosiła, abym wierzył. Ciągała mnie po kościołach, a gdy byłem dłużej na lądzie, woziła na chrzciny, śluby i pogrzeby. Ostatnio przeważnie na pogrzeby. Cztery lata temu, wtedy już miała raka, wróciłem na Wielkanoc do Gdyni i poprosiłem ją, aby wyszła za mnie za mąż po raz drugi. I ona, panie oficerze, się zgodziła. Po tym wszystkim, co ja jej zrobiłem, po tym, jak ją tak dziesiątki razy na całe miesiące zostawiałem samą i goniłem po świecie za rybami. Po tych Wigiliach beze mnie, urodzinach i chorobach dzieci beze mnie i po tylu pogrzebach beze mnie. Wyobraża pan to sobie, panie oficerze?! Zgodziła się!

– I zadzwoniłem wtedy do znajomego proboszcza, co był u nas kiedyś na „Turlejskim" – pan przecież był ze mną na „Turlejskim", panie oficerze, prawda? – drugim mechanikiem, tylko że później zwariował i poszedł do zakonu. I powiedziałem mu, że za tydzień przyjeżdżamy z Martą do Lublina, po to, aby w jego kościele wziąć ten ślub, na który nie było czasu trzydzieści siedem lat temu, bo musiałem wtedy wychodzić w morze. I żeby załatwił chór i organistę, i żeby to mogło się obyć bez tych kursów czy szkoleń, co robią teraz przed ślubami.

Pamięta, że po tych słowach przerwał na chwilę, skinął ręką na stewardesę i gdy ta podeszła, poprosił:

– Czy mogłaby mi pani nie podawać już więcej tych szampanów i zamiast tego przynosić dobrze schłodzoną wódkę?

Gdy stewardesa odeszła, mówił dalej:

– Ale nawet wtedy, gdy szedłem obok niej do ołtarza, podczas tego ślubu, ciągle jeszcze nie wierzyłem w Boga. Bo ja jeszcze wtedy nie potrzebowałem ani Boga, ani religii. Szczególnie religii nie potrzebowałem. Bo religia to czasami, panie oficerze, tak trochę tumani. Bo z religii czasami wynika, że łatwiej kochać ludzkość niż kolegę z wachty.

Uwierzyłem dopiero wtedy, gdy ona odeszła i zrobiło się tak przeraźliwie pusto na świecie, że musiałem sobie kogoś znaleźć, aby nie być sam jak palec, gdy wrócę do swojej kabiny z mostka. I wtedy sobie pomyślałem, że Marta też nie chciała być pewnie sama i mogła mieć rację przez całe życie. I wtedy znalazłem Boga.

Czasami myślę, że go znalazłem, a czasami, że po śmierci Marty po prostu zmieniłem Boga, nie zmieniając wyznania. Ale na statku można obyć się także bez Boga i religii. Ja się ponad trzydzieści lat obywałem.

To na zdrowie, panie oficerze – zakończył, uśmiechając się, i podnosząc kieliszek z wódką.

Gdy wypili, nachylił się i dodał:

– Ale powiem panu, panie oficerze, że jeśli nie ma pan swojej kobiety, to wtedy z Bogiem jest człowiekowi w życiu lepiej...

Spis treści